Margit Schreiner

Kein Platz mehr

Roman

Schöffling & Co.

Für Stella und Jessica, die jetzt Platz haben.

Erste Auflage 2018

Satz: Fotosatz Amann, Memmingen
Druck & Bindung: Pustet, Regensburg
ISBN 978-3-89561-281-7

www.schoeffling.de
www.margitschreiner.com

»Doch das Leben – wenn wir an irgendeiner Straßenecke stehen, wenn wir durch die Programme surfen, wenn wir versuchen, uns im Internet zurechtzufinden oder eine kriselnde Beziehung in den Griff zu bekommen, wenn wir hören, dass ein enger Freund letzte Nacht gestorben ist – fliegt uns in grellen Splittern um die Ohren.«

David Shields, »Reality Hunger«. Ein Manifest

Allein die Dinge, die sich im Laufe eines Lebens ansammeln! Auch wenn man, so wie ich, ein paar Dutzend Mal umgezogen ist und dabei jeweils das meiste zurückgelassen hat. Es sammeln sich Bücher, Papiere, Unterlagen, Steuererklärungen, Kontoauszüge, Versicherungspolicen und so weiter an. Abgesehen natürlich von der Kleidung, dem Hausrat, den Bildern, Fotos, Schmuck, Kerzen, Zeitungsartikeln, Lampen, Möbeln et cetera.

In Italien lebten eine alte russische Prinzessin und ein ehemaliger italienischer General in der Wohnung neben mir, deren sieben Zimmer mit so vielen Wertgegenständen und Ramsch vollgestellt waren, dass nur schmale Gänge blieben, durch die man sich vorsichtig tasten musste. Bei der Einladung »Nehmen Sie doch Platz« war ich ratlos. Uralte Samtsofas, mit verschlissenem Brokat bezogene Stühle, wackelige Thonet-Sessel, alles war vollgeräumt mit Zeitungen, Büchern, Kleidungsstücken. Ich trank den angebotenen Kaffee schließlich stehend. Wie die Prinzessin und der General auch. Damals schwor ich mir, jede Ansammlung von Gegenständen über das Notwendige hinaus für meinen Teil zu vermeiden. Als ich Italien verließ, nahm ich nicht mehr mit als in meinem vw-Kombi Platz hatte. Im ersten Jahr in Österreich wurde genau das zum Problem: Ich konnte nicht einmal einen Knopf annähen, weil das Zubehör fehlte. Alles fehlte. Bereits nach drei Jahren sah die Sache schon ganz anders aus. Keine Ahnung, wie uns all das nützliche Zeug zugewachsen ist und immer noch zuwächst, sodass es keinen Ort in unserer hundertzwölf Quadratmeter großen Wohnung mehr gibt, wo noch für irgendetwas Platz wäre. Jetzt muss ich hinzufügen, es handelt sich um eine Dachwohnung mit durch die Schrägen bedingtem Mangel an Plätzen, an denen man Schränke, Kommoden etc. aufstellen könnte. Dafür gibt es aber überall Spitzböden, Verschläge, Hohlräume unter den Dachschrägen, in die man praktisch hineinkriechen muss, um all die unentbehrlichen Dinge, die aber nicht täglich gebraucht werden – Schlafsäcke, Zelte, Boote, Rollerblades, Wolle, aufblasbare Gästematratzen, Koffer, Taschen und so weiter –, hineinzustopfen. Dadurch verliere ich naturgemäß den Überblick. Und weil ich bei Bedarf zu faul bin, auf allen Vieren in die Verschläge zu kriechen, um die zweckmäßigste Tasche oder den zweckmäßigsten Koffer für den jeweiligen Anlass unter all den Taschen und Koffern zu suchen, stellt sich schließlich heraus, dass ein Koffer und eine Tasche zur Not für alle Gelegenheiten ausreichen.

Erstaunlich ist, dass auch nach dem Auszug unserer erwachsenen Tochter mit all ihren Kleidern, Büchern, Tischen, Sesseln, Zeichnungen, Skizzen, Objekten, Andenken, Bücherregalen nicht etwa mehr Platz gewonnen wurde. Im Gegenteil! Wie meine Freundin Karla neulich richtig sagte, werden Möbel und Kleider, wenn man ausmistet, plötzlich immer mehr. Sie tauchen überall auf, wo man sie nie vermutet hätte. Selbst nachdem Bruno eine kleine zweite Wohnung ohne schräge Wände, unsere sogenannte Bibliothek, im Parterre des Hauses dazugekauft hatte, stellte sich keine Erleichterung ein. Im Gegenteil! Ich habe keine Ahnung, wo all die Bücher, die jetzt unten in der sogenannten Bibliothek stehen, eigentlich früher untergebracht waren. Wir haben jedenfalls in unserer Hauptwohnung unter dem Dach genauso viele Bücher stehen wie vorher auch, und in der sogenannten Bibliothek sind ebenfalls alle freien Wände mit Bücherregalen und darin natürlich mit Büchern vollgestellt. Außerdem hat Bruno für die Bibliothek zwei Couchen, zwei Schreibtische – einen riesengroßen und einen etwas kleineren, verstellbaren Stehschreibtisch – und einen Küchentisch mit vier Sesseln angeschafft. Auf dem Boden stapeln sich alle möglichen, von Bruno angeblich dringend gebrauchten Unterlagen. In den Zimmerecken türmen sich Koffer, Taschen, technische Geräte, die nur teilweise funktionieren, und Bootszubehör.

Von unseren zwei Kellerabteilen möchte ich gar nicht sprechen. Nur so viel: Sie sind randvoll! Will man zu Beginn des Winters die Sommerreifen wechseln, muss man praktisch zwei Kellerabteile vollständig ausräumen. Es stellt sich dann heraus, dass die Winterreifen unter den Terrassenmöbeln, den Werkzeugkisten und den Solarpanelen lagern.

Auch Hans' und Marias Wohnung quillt über, was offenbar auch passiert, wenn man gegen jede Art von

Kaufrausch derart gefestigt ist wie die beiden. Hans trägt, seit er vor fünfzehn Jahren aus der Anwaltskanzlei, an der er beteiligt war, ausgestiegen ist, seine Anwaltshemden auf, Maria schneidert aus ererbten alten Seidenstoffen die elegantesten Kleider. Nicht einmal Bücher kaufen die beiden mehr, sondern beziehen ihre reichhaltige Lektüre stets aus der Bücherei. Wahrscheinlich wird die Überfüllung der Wohnung daran liegen, dass die beiden zwar nichts kaufen, aber andrerseits auch nichts wegwerfen. Hauptsächlich Andenken, die sie von ihren früheren Reisen mitgebracht haben, schöne, aber teilweise schon recht verstaubte, desolate chinesische, afrikanische, venezianische Masken, japanische Puppen, aber auch von Großmüttern selbst gestickte Deckchen, die wirklich wunderschöne Kommode der Großtante, eine Jugendstillampe mit einem lesenden jungen Mädchen, einen alten Bauernkasten, und unzählige Stoffe (Urgroßtante!), Wollreste, zwei Nähmaschinen und so weiter. Kurz zu erwähnen wären auch die von Hans seit frühester Jugend gesammelten Richard Löwenherz-, Tim & Struppi- und Asterix-Hefte sowie seine Gesamtausgaben von Karl May, Karl Marx, Engels und Lenin. Maria möchte natürlich auch nicht so kurz nach ihrer Pensionierung alle psychologischen Unterlagen, Bücher, Kongressberichte etc. wegwerfen.

Karla ist auch sehr arm dran. Sie hat vier Immobilien geerbt. Beziehungsweise hat sie eben nicht. Die Almhütte ist seit Urzeiten gepachtet. Ebenso die Holzhäuschen am Badesee, von denen Bruno und ich jeden Sommer eines beziehen dürfen. Pacht! Die Wohnung in Grado gehört wahrscheinlich einer im Pflegeheim dahinsiechenden Tante. Jedenfalls sind die Unterlagen, die ihren Erbanspruch bestätigen würden, schwer aufzutreiben. Das sehr schön gelegene Haus auf der Wilhelminenhöhe in Wien kann sie sich nicht leisten. Ist ja ständig was zu reparieren. Es war in den sechziger Jahren eine topmoderne Villa, entspricht aber mit seinen Teppichböden, dem Steingewölbe in der Küche und dem vielen Holz nicht mehr den Wünschen moderner Wohlhabender, die sich so ein Haus leisten könnten. Die wollen eher Glas und Stahl. Karla ist es nach viel Einsatz gelungen, einen Teil des Hauses an einen Barbesitzer zu vermieten, den anderen Teil an eine Schauspielerin während der Wiener Festwochen. Das Problem bei der Vermietung waren natürlich die vielen Dinge, die sich in all den Liegenschaften der Familie angesammelt haben. Ich möchte nichts aufzählen. Ich glaube, jeder kann sich das vorstellen. Karlas Vater war Segler, Bergsteiger, selbstständiger Wirtschaftsprüfer! Karla war drei Monate lang im Dauereinsatz. Gott sei Dank hat sie es trotz ihres herausragenden Talents aufgegeben, eine berühmte Schauspielerin werden zu wollen, sonst hätte sie ja gar keine Zeit dazu gehabt. Andrerseits hätte sie dann natürlich Geld. Aber Karla sagt, kein Geld kann für so ein Hundeleben entschädigen, das man als Schauspielerin, speziell wenn man aus finanziellen Gründen auch für Fernsehserien arbeitet, führen müsste. Dann lieber ausmisten, auch wenn, wie ich ja Karla bereits zitierte, beim Ausmisten Kleidung und Möbel immer mehr statt weniger werden.

Dabei ist das noch gar nichts, wenn ich an Rudi und Franca denke, die am Lago Maggiore inmitten wertvoller Sitzgruppen, Bilder, alter, staubiger Bücher, Barockkommoden, Renaissancekästen, Jugendstilschreibtischen ungeheuren Ausmaßes, Himmelbetten, zerschlissenen Perserteppichen und Ahnengalerien, in einem Schloss aus dem 17. Jahrhundert leben. Die Möbel sind den sechs Meter hohen Räumen angepasst, der Mensch wirkt seltsam klein darin. In dem großen Schlosspark tummeln sich Hunde, Katzen, ein Pferd und ein Esel (Fritzi), die ja alle auch versorgt werden müssen. Franca, die aus einem verarmten Visconti-Zweig stammt, hat das alles geerbt und nun am Hals. Man darf nämlich nicht glauben, dass man so ein Schloss gewinnbringend verkaufen kann. Offenbar kauft niemand gerne ein marodes Schloss. Wenn schon, dann für einen Euro. Franca verdient zwar als Ordinaria an der Universität einigermaßen, aber Rudi nicht. Er hat sich kurz vor seiner Pensionierung als Germanistik-Professor an der Universität von Bergamo mit neunundsechzig Jahren alles versaut, indem er sich geweigert hat, die seit Neuestem in Italien strikt befohlene EU-Anpassung mitzuvollziehen, nach der alle Protokolle, Lehrpläne und Prüfungsberichte in englischer Sprache verfasst werden müssen. Da er deutsche und österreichische Literatur unterrichtet, hat er alles in Deutsch berichtet, mit der Begründung, Studierenden deutschsprachiger Literatur stünde das Deutsche näher als das Englische. In der anschließenden Konferenz wurde er als aggressiv und zynisch bezeichnet, was ihm letztendlich die Verlängerung seiner Professur um zwei Jahre, die er aber für die Pensionsberechtigung gebraucht hätte, kostete. Jetzt sitzt er, wenn er nicht gerade Wäsche wäscht, Frühstück für die B&B-Gäste vorbereitet, einkauft oder kocht oder Fußballspiele im Fernsehen sieht, manchmal im Schlossgarten und schreibt Haikus.

Franca und Rudi haben versucht, bestimmte Möbel, Bilder, Bucherstausgaben bei Sotheby's versteigern zu lassen, aber es ist alles unverkauft zurückgekommen. Das liegt einerseits an der Wirtschaftskrise, andrerseits daran, dass womöglich bei den insgesamt drei großen Einbrüchen ins Schloss – beim letzten sind die Diebe, während Franca und Rudi im Urlaub waren, mit Lastwagen angefahren gekommen – die besten Stücke bereits gestohlen wurden. Der Familienschmuck ist ebenfalls unauffindbar, wobei Franca den Verdacht hat, dass sie ihn in einer Lade eines der Schrankungetüme, die sie ausgemistet hatten, vergessen hat. Möglicherweise, sagt sie, hat nun ein Sperrmüllsammler ein schönes Zubrot. Die wertvollsten Bücher haben sie aus Geldmangel unter Wert verkauft. Bar vierzehntausend Euro auf den Tisch waren zu verlockend, um zu warten, bis in einer fernen Zukunft einmal der reelle zehnfache Preis gezahlt wird. Schließlich muss das Schloss im Winter beheizt werden. Das kostet. Und auch das Studium der beiden Söhne. Und das tägliche Brot. Rudi und Franca haben uns so leidgetan mit ihrem Schloss, dass wir bei unseren Besuchen dort jeden Abend ein gutes Essen mit bestem Prosecco und Wein ausgegeben haben. Die armen Säue essen ja nur die einfachste Pasta und trinken billigen Frizzante.

Auch mein Schriftstellerkollege Willi spricht davon, dass es langsam eng wird in seinem Haus auf dem Land. Seine beiden erwachsenen Kinder mit deren jeweiligen Lebensgefährten sind zwar endlich ausgezogen, aber selbst im Falle einer Reduktion von sechs auf zwei Hausbewohner wurde kein Platz gewonnen. Kann natürlich sein, dass die Kinder alles, was sie selbst im Moment nicht brauchen können, im Haus ihrer Eltern zurückgelassen haben, damit die schönen neuen Wohnungen, die sie mit ihren Lebensgefährten bezogen haben, nicht von Anfang an vollgestopft sind, aber es wird auch Katharinas Sammeltrieb eine gewisse Rolle spielen. Katharina sammelt nicht alles. Sie sammelt vor allem orientalische und mediterrane Handarbeit, also bemalte Teller, bunte Leuchtkörper, bestickte Decken, Tücher, kleine Figuren und so weiter. Und Muscheln, Steine, getrocknete Pflanzen, also insgesamt Gegenstände, die in der Regel schnell verstauben. Willi war immer dagegen. Nippes, hat er verächtlich gesagt und sich weiße Wände und leere Regale gewünscht. Aber seit seinem sechzigsten Geburtstag produziert er selbst leicht verstaubende Gegenstände, die er mit der ihm eigenen ironischen Betonung Kunstwerke nennt. Offenbar verwendet er dazu alle möglichen Gegenstände und Materialien, die ihm in die

Hand fallen. Hausrat, Ramsch, alte Ofenrohre, Autoreifen.

Ich betätige mich seit einiger Zeit ebenfalls bildnerisch. Nur dass ich raumsparend mit verschiedenen Formaten von Moleskine-Heften arbeite, in die ich mit Copic-Stiften zeichne. Hauptsächlich alte Industrieanlagen und Blumen. Lieber Industrieanlagen. Das mit den Blumen wird ja schnell peinlich. In einem eigenen, dicken, großformatigen Moleskine-Heft zeichne ich ausschließlich mein Arbeitszimmer. Vom Bett aus. Ich habe vor, in Zeiten von Krankheiten, die ja mit dem Alter nicht weniger werden, zu zeichnen bis weit hinein in das Stadium eventuellen späteren Siechtums. Solange ich eben den Stift halten kann! Das Heft ist bereits fast voll mit Ansichten des Arbeitszimmers aus verschiedenen Blickwinkeln, mit verschiedenen Farben, reduziert und vergrößert, detailgenau und in der Totale, abstrakt und konkret, akribisch ausgeführt und hingefetzt, perspektivisch mehr oder weniger verschoben. Selbst die Moleskine-Hefte belegen inzwischen ein Bücherregal.

Wahrscheinlich ist der Sinn des Todes, endlich Platz zu machen.

Leider steht dem unser Traditionsbewusstsein im Weg, sodass folgende Generationen sich verpflichtet fühlen, so viel wie möglich von unserem Ramsch weiter aufzubewahren. Das kann ja auf Dauer nicht gut gehen. Wenn unsere Kinder mit ihren eigenen und unseren Erinnerungen leben müssen, können sie sich bald nicht mehr vorwärts und rückwärts bewegen. Tun sie es nicht, verfolgt sie das schlechte Gewissen. So wie das zum Beispiel bei mir war. Ich habe das Hab und Gut meiner Eltern verramscht. Weder Geschirr noch Möbel noch Teppiche noch Kleidung meiner Eltern entsprachen meinem Geschmack. Zum Verschenken oder gar zum Verkaufen ausgewählter Gegenstände oder Kleidung hatte ich keine Zeit, da ich damals in Italien lebte und die Wohnung möglichst rasch räumen musste. Nach kurzer Überprüfung einiger Dias – unzählige österreichische Seen und Almen, dazu Jesolo, Lignano, Bibione, Gabicce Mare, Sottomarina etc., im Vordergrund Menschen, die ich nicht kannte – habe ich die vierzig Schieber mit je zwanzig Dias in einen großen schwarzen Müllsack gekippt. Es war schrecklich. Als ob ich meine Eltern selbst entsorgt hätte. Die muffelnden Kleider meiner Mutter – fast alles nicht waschbar und offenbar in ihren letzten zehn Lebensjahren so gut wie nie in die Reinigung gebracht – ebenfalls. Das belastet.

Rudi, mit dem ich vor Ewigkeiten kurze Zeit verheiratet war, wird nächstes Jahr siebzig. Da häuft sich auch einiges an. Besonders da er von seiner Mutter, die in zweiter Ehe mit einem Adeligen verheiratet war – Beamtenadel, hat Rudi immer gesagt –, schwere Renaissancemöbel, unzählige alte Bücher, Bilder, unter anderem von Kubin, Schiele und Thöny, der ein Onkel war, Briefwechsel mit Trakl, Rilke, Thomas Mann, Stefan Zweig, Rokoko- und Jugendstilöllampen sowie einen Schrein mit einem ägyptischen Totenkopf und Stoffresten, wahrscheinlich eines Pharaos, geerbt hat. Der zweite Mann seiner Mutter war Kunstwissenschaftler, Literaturwissenschaftler, Schriftsteller und Archäologe. Rudi hatte das Erbe jahrelang irgendwo in Österreich eingelagert, bis sich dann durch das Schloss endlich die Möglichkeit bot, zu all den dort bereits vorhandenen Möbeln, Büchern und Bildern auch noch sein Erbe anzuliefern. Auch in Rudis Fall ist mit den Jahren das Wertvollste verloren gegangen. Allerdings durch seine eigene Schuld. Er hatte während seines Studiums aus Geldmangel Blätter mit Skizzen Kubins zerschnitten und einzeln verkauft, weit unter Wert, wie er später feststellte. Der einigermaßen umfassende Briefwechsel des zweiten Mannes seiner Mutter mit Thomas Mann, der für *Joseph und seine Brüder* archäologische Auskünfte erbat, ist aus der Wohngemeinschaft, in der wir vor fast vierzig Jahren mit Sigi und Hans gewohnt haben, gestohlen worden. Wahrscheinlich von Aktmodellen der Kunstuniversität, die Rudi in meiner Abwesenheit in unserem Zimmer untergebracht hatte. Er selbst war in der Zwischenzeit zu seiner Mutter gezogen, die nach dem Tod des zweiten Mannes allein in der geräumigen Wohnung mit den Renaissancemöbeln, unzähligen alten Büchern und Bildern, Rokoko- und Jugendstilöllampen und dem Schrein mit dem ägyptischen Totenkopf lebte.

Aber egal. Tatsache ist, dass Rudi inmitten all der von seiner Mutter und Francas Familie ererbten Museumsstücke, die seine freie Bewegung behindern, nicht ausgesprochen unglücklich wirkt. Für sein Alter schaut er recht fit aus. Das muss er auch sein, sonst könnte er nicht mehrmals täglich die schweren Eisenriegel vor der großen Eingangstüre aus dem 17. Jahrhundert zur Seite schieben, wenn er das Haus verlassen oder betreten will. Auch die viele Bettwäsche, die es für die vielen Betten im Schloss gibt, wäscht er und hängt sie zum Trocknen im Innenhof auf, wozu er mit dem Wäschekorb unter dem Arm schmale, sehr steile Wendeltreppen überwinden muss. Dann wieder hinauf zum Bügeln. Die wöchentlichen Einkäufe im Supermarkt des nächsten größeren Ortes muss er auch in die Küche schleppen, in wieder schwer zu öffnende antike Küchenschränke und Kommoden einordnen und dann zu Speisen verarbeiten. Zum Geschirrabwaschen hat er zwar eine Geschirrspülmaschine, aber andere in seinem Alter erleiden ja schon beim Einräumen des Geschirrspülers einen Bandscheibenvorfall. Franca tut, obwohl sie zwanzig Jahre jünger ist als Rudi, so gut wie gar nichts in Küche und Haushalt. Es reicht ihr vollkommen, dass sie den ganzen Krempel geerbt hat, sagt sie, da will sie sich sonst nicht mehr damit beschäftigen. Sie selbst würde gerne in Mailand, wo sie an der Universität Geographie unterrichtet, in einer überschaubaren Wohnung mit Zentralheizung leben.

Bei Mandi und Else beträgt der Altersunterschied nur dreizehn Jahre, aber andersherum. Else ist dreizehn Jahre älter als Mandi. Was Mandi nie gestört hat. Im Gegenteil, hat er immer gesagt, er habe mit den jungen Dingern noch nie etwas anfangen können. Mandi selbst wirkt jünger, als er ist. Er ist der jugendlichste – inzwischen auch schon dreiundfünfzigjährige – Schriftsteller, den ich kenne. Im Grunde wirkt er bis heute wie ein etwas gealterter Student. Er hat Else in Zeiten ihrer größten Not kennengelernt. Else war achtunddreißig Jahre alt, als ihr Ehemann sich eines Tages ohne Vorwarnung abgesetzt und sie mit vier kleinen Kindern in einem ehemaligen Bauernhaus in Ansfelden zurückgelassen hat. Else wusste damals nicht, wie sie ihre Familie allein von ihrem Fotolaborantengehalt ernähren sollte. Da hat Mandi finanziell gar nichts beitragen können. Aber psychisch! Mandi hat immer etwas vor. Er hat Else mitgenommen ins Kino, zu Fußballspielen, Rockkonzerten und Lesungen und hatte immer eine Lösung für die Kinderbetreuung. Seine Studienkollegen haben abends bei Else in der geräumigen Bauernstube ihre Doktorarbeiten geschrieben oder im leer stehenden Stall mit ihrer Band geprobt oder auf Elses damals schon relativ großformatigem Fernsehbildschirm Videos geschaut, während die beiden außer Haus waren. Zu Essen war auch immer etwas da. Auf die paar Knödel mehr oder weniger, hat Else immer gesagt, kommt es auch nicht mehr an. Einige von Mandis Kollegen konnten auch zupacken, wenn es um Reparaturen im Haus oder Arbeiten im Garten ging. Die Kinder hat er immer wie Gleichaltrige behandelt und alles mit ihnen ausdiskutiert. Else hat mir einmal gesagt, dass es sehr wichtig für sie und die Kinder war, dass Mandi sich nie als Vaterersatz gefühlt hat. Das hätten die Kinder, die an ihrem leiblichen Vater gehangen und sein Verschwinden nie verstanden hatten, nicht akzeptiert.

So hat sich Mandi neunundzwanzig Jahre lang durch die verschiedenen Kindes-, Jugend- und jetzt Erwachsenenentwicklungsstadien von Elses Kindern diskutiert, und ich glaube, sie lieben ihn alle. Auch wenn sie ganz offensichtlich seine Literatur und den damit zusammenhängenden Lebenswandel so wie Else selbst nie wirklich goutiert haben. Während sich nämlich Else, die fünfundvierzig Jahre lang im Fotolabor tätig war, in völliger Dunkelheit die Beine in den Leib gestanden hat, ist Mandi, so oft es ging, in der Weltgeschichte herumgereist. Er brauche das zum Arbeiten, hat er immer gesagt, aber geschrieben hat er dann hauptsächlich Romane und Erzählungen, die in Ansfelden spielten. Manchmal hat man den Eindruck, nach der Pensionierung dreht sich alles um. Wer vorher unterwegs war, bleibt jetzt zu Hause, wer immer zu Hause war, ist plötzlich weg. Mandi jedenfalls kann, seit Else in Pension ist und er deshalb einen Job annehmen musste, weil sich ja die meisten Schriftsteller nicht vom Schreiben ernähren können und Else jetzt noch weniger Geld hat als früher, nicht mehr weg. Und wenn, dann fährt Else mit. Das ist aber dann laut Mandi kein Arbeitsaufenthalt mehr, sondern Urlaub. Und Urlaub mag er eigentlich gar nicht.

Rudi will in keine Wohnung in Mailand ziehen. Es scheint so, als liebte er das Schloss. Trotz allem. Er kennt im Gegensatz zu Franca die Familiengeschichte der Viscontis und weiß, welche ihrer Ahnen auf welchen Bildern dargestellt sind. Möglicherweise liegt es ja daran, dass er selbst eben nur aus Beamtenadel stammt und jetzt zum Großadel aufgestiegen ist. Und wenn der noch so verarmt ist. Seit Rudi nicht mehr an der Universität unterrichtet, führt er Heiratswillige, die sich für fünfhundert Euro in feudalem Ambiente ihr Ja-Wort geben wollen, in den Wappensaal. Er kassiert auch persönlich jeden Monat die Miete vom Bürgermeister des Ortes, der den Nebentrakt des Schlosses bewohnt. Franca reist, wenn sie nicht gerade in Mailand unterrichtet, ständig in der Welt herum.

Als wir letzthin für ein paar Tage am Lago Maggiore zu Besuch waren – Franca war gerade in Island bei einem Kongress zum nachhaltigen Umgang mit Naturressourcen –, habe ich Rudi ständig gesucht. Entweder ich habe ihn dann zwischen riesigen Bücherregalen gefunden oder er war in einem überdimensionalen, mit altrosa Samt überzogenen Fauteuil versunken oder er war hinter dem ungeheuren Aufbau seines enormen Schreibtisches verschwunden und schrieb Haikus oder ich fand ihn in einem kleinen Verschlag unter dem Dach, wo er auf einem verschlissenen Sofa lag. Allein die Wege, die ich dabei durch Säle, um Sitzgruppen herum, zwischen Sitzgruppen hindurch zurücklegen musste, haben mich erschöpft.

Aber warum in die Ferne schweifen! Bruno, der sich in letzter Zeit immer häufiger in unserer sogenannten Bibliothek aufhält, hat ebenfalls Schwierigkeiten, vom Bett zum Schreibtisch zu gelangen. Von der Küche ganz zu schweigen. In seinem Fall nicht wegen der weiten Wege – die Bibliothek samt Küche hat knapp sechsunddreißig Quadratmeter –, sondern wegen der Unterlagen, die sich überall stapeln. Unter Unterlagen versteht Bruno Urkunden, Steuererklärungen, Referate aus seiner Studienzeit, Filme, die er im Laufe seines Lebens gesehen und geliebt hat, Hörfunksendungen, alte Fotos, an denen er hängt, die erste Zeitschrift, die er als Schüler herausgegeben hat, Briefe, frühe Zeichnungen, Skizzen, die mindestens vierzig Jahre alt sind.

Dazu kämen noch all die Gegenstände, die sich im Laufe seiner ersten Ehe angesammelt haben, wenn nicht er, sondern seine Exfrau aus ihrem ehemaligen gemeinsamen Haus ausgezogen wäre. Auch davon hat er natürlich einen Teil mitgenommen, aber eben nur einen kleinen Teil, sonst bräuchten wir eine dritte Wohnung. Familien sind ja die allergrößten Sammler überhaupt. Das liegt zum Teil daran, dass die Gegenstände, die im Laufe einer Familienentwicklung gebraucht werden, variieren. Für kleine Kinder sind es Schwimmreifen, Spielzeugautos, Dreiräder, für mittlere Kinder Fahrräder, Rollerblades, Surfbretter, für jugendliche Kinder Computer, Drucker, iPhones, MP3-Player, Flachbildschirme etc. Wer nicht sofort ausmistet oder nicht mehr Gebrauchtes bei eBay weiterverkauft, bleibt auf allem sitzen. Das Zeug wird ja schnell unmodern. In einem Jahr sind Schwimmreifen im Entendesign in, im nächsten Jahr muss es ein Schwan sein. Das wird mit dem Alter der Kinder nicht leichter. Ein Tigersurfbrett kann heute total gefragt sein und morgen schon nur mehr peinlich. Von Smartphones, Tablets, Laptops gar nicht zu reden. Da kommen zum Design die verschiedensten Funktionen hinzu. Wenn dann die Eltern, im Falle Brunos mehr er selbst, auch noch die neuesten technischen Geräte wie digitale Film- und Fotokameras, Ferngläser mit integriertem Kompass, Riesentaschenlampen, die Notsignale blinken, GPS-Geräte, Laserdrucker usw. anschaffen, dann platzt auch ein geräumiges Haus, wie es Bruno und seine Ex-Ehefrau hatten beziehungsweise seine Ex-Ehefrau immer noch hat, aus den Nähten.

Das Dilemma mit dem Platz betrifft aber keineswegs nur in die Jahre gekommene Paare, die mit den Spuren ihres langen Zusammenlebens und ihrer Kinder, in Form von sich ansammelnden Möbeln, Spielzeug, Eis- und Küchenmaschinen, Tiefkühltruhen usw. leben müssen, sondern auch Alleinstehende, die ja oftmals viel Geld verdienen, das sie dann ganz allein ausgeben müssen. Da gibt es natürlich die von Schmuck, Kleidern und/oder Schuhen besessenen Frauen, die sich den Weg in ihr Bett bahnen müssen, aber auch die Künstler und Intellektuellen, die mit Stapeln alter Zeitschriften, Zeitungen, Büchern, Notizen, Bildern, Skizzen, Rahmen etc. leben. Und unter den Künstlern wieder besonders Schriftsteller. Ich nehme an, das liegt daran, weil bildende Künstler ja ihre Ateliers haben, die sie vollräumen können. Unter den Schriftstellern gibt es eigentlich nur zwei Typen: Der eine Typus des Schriftstellers lebt in kahlen Räumen, in denen höchstens jeweils ein Schreibtisch, ein Sessel oder ein Sofa stehen (das ist in der Regel der Bestsellerautor), oder der Typus des Schriftstellers, der inmitten seiner Unterlagen haust. Das ist bei Rudi so, der, seit er im Schloss lebt, aus Zeitmangel hauptsächlich Haikus schreibt, das ist bei Willi so, der neben Romanen auch Reportagen schreibt, für die er jede Menge Material braucht, und das ist auch bei mir so, seit ich meinen Vorlass an die österreichische Nationalbibliothek verkauft habe. Bis dahin hab ich nämlich alles Überflüssige immer wieder weggeworfen, was zum Teil daran gelegen ist, dass ich ja unzählige Male umgezogen bin. Aber auch, weil ich mich nicht gerne belaste. Für den Vorlass war das denkbar schlecht. Wie ich bei den Verkaufsverhandlungen erfuhr, ist ja gerade das Überflüssige wertvoll. Leider nur das handgeschriebene Überflüssige. In meinem Computer sind alle Textvariationen aller meiner Bücher, seit ich einen Computer besitze, also seit 2000, gespeichert, aber das ist nichts wert. Seither schreibe ich wieder mehr mit der Hand und hebe die berühmten Einkaufszettel, auf deren Rückseite die genialen Ideen stehen, alle auf, weil ich ja darauf spekulieren kann, dass, wer den Vorlass gekauft hat, später auch einmal den Nachlass kaufen wird, damit das Werk vollständig dokumentiert werden kann. Wenn ich also neuerdings die verschiedensten Formate der Moleskine-Notiz- und Skizzenbücher vollschreibe oder zeichne, denke ich auch an die finanzielle Absicherung meiner Nachkommen.

Meine Freundin Josefine aus Salzburg ist die erfolgreichste Schriftstellerin, die ich kenne. Sie verdient richtig viel Geld mit ihren Büchern, die in achtzehn Sprachen erscheinen und alle ins Taschenbuch gehen. Sie schreibt außerdem Drehbücher, Theaterstücke und Libretti für Opern. Josefine hat von dem Geld eine Penthouse-Wohnung in Salzburg gekauft, in der sie über den Dächern der Stadt lebt und arbeitet. Allein. Sie sagt, mit einem Mann an ihrer Seite könnte sie niemals so produktiv sein. Das heißt, eigentlich hat sie schon einen Mann an ihrer Seite: Ihren Sekretär. Das sei etwas ganz anderes, sagt Josefine, weil der Sekretär ja dafür bezahlt werde, sie nicht vom Schreiben abzuhalten, sondern im Gegenteil, sie dabei zu unterstützen. Er kommt montags bis freitags um elf Uhr vormittags, wenn sie ihren ersten Arbeitsdurchgang bereits hinter sich hat (Josefine steht um fünf Uhr morgens auf), und erledigt, während sie mit ihrem Hund spazieren geht und in einem der vielen teuren Restaurants Salzburgs isst und anschließend Freunde besucht oder Ausstellungen oder neuerdings mit dem Fahrrad ins Moor fährt, ihre umfangreiche Korrespondenz, handelt die Verträge mit den Verlagen aus, recherchiert für sie und ordnet vor allem ihr Chaos. Wenn sie nach etwa fünf Stunden wieder nach Hause kommt, ist der Sekretär bereits weg. Ihrer Aussage nach bewahrt sie mehrere Tonnen Papier auf, die ihr Sekretär ordnet und archiviert. Sie hebt nämlich jede Zeitung auf, in der sich ein Artikel befindet, von dem sie denkt, dass sie ihn noch einmal wird brauchen können. Außerdem hat sie die Angewohnheit, an den Rand von Zeitschriften und Bierdeckeln, auf die Rückseite von Rechnungen, Prospekten, Reklamematerial, Fahrscheinen, Taxirechnungen, auf Klopapier oder Taschentüchern Notizen zu machen. Da kommt natürlich im Laufe eines Lebens einiges zusammen. Abgesehen von ihrer ungeheuren Produktivität. Ihre Werke, die Recherchen, Textvariationen der einzelnen Manuskripte füllen bereits Truhen, Schränke, Schachteln und Regale, ja Zimmer. Wenn Josefine nicht eine so große Wohnung und einen Sekretär hätte, würde sie in ihren eigenen Werken ersticken. Man denke nur an Friederike Mayröcker, bei der sich angeblich alles stapelt. Oder Marianne Fritz. Oder Thomas Wolfe, der mit Schrankkoffern voller Manuskripte nach Europa gereist ist.

Direkt nach den Schriftstellern kommen eigentlich nur noch die Messies.

Wenn ich mich überhaupt in Linz aufhalte, verlasse ich mein kleines Arbeitszimmer im ersten Stock unserer Wohnung immer seltener. Darin hat nicht mehr Platz als ein kleiner Tisch, auf dem mein Laptop steht, ein schmales Bett, auf dem ich lesen kann, und ein Bücherregal daneben. Eine Erleichterung. Die restlichen hundert Quadratmeter unserer Wohnung bewohnen die Katzen. Dort stehen bequeme Couchen und Sessel, ein großer Esstisch für zehn Personen, kleine Glastischchen, Keramiken, Blumenvasen, Gummibäume und lang herabhängende Efeupflanzen, verschiedene Essservice, Gläser, eine Stereoanlage, Bücher. Es gibt da unten eine Küche, ein Badezimmer, eine Toilette, einen Vorraum, einen Spitzboden und eine im Sommer prächtig blühende Terrasse zur gelegentlichen Benutzung. Ich halte mich wie gesagt am liebsten in meinem zwölf Quadratmeter großen Dachkämmerchen auf, weil mich dort am wenigsten ablenkt.

Bruno ist, seit er sich im Ruhestand befindet, sogar auf noch engeren Raum beschränkt. Da unsere – jetzt längst bereits seine – Bibliothek komplett vollgeräumt ist, hat er sich ein Eckchen hinter dem Schrank hergerichtet. Dort liegt er auf einem Sofa und muss nicht auf das Durcheinander schauen, das sich im übrigen Raum befindet. Den vergangenen Winter haben wir, jeder für sich, auf diese Weise fast ganz verschlafen. Wer sich nämlich auf kleinstem Raum zurückzieht, um in Ruhe lesen und träumen zu können, schläft bald unweigerlich ein. Das liegt einerseits an der Ruhehaltung (liegend) andrerseits an dem kleinen Raum (man kann nicht viel tun). Dauerndes Liegen und Schlafen führen wiederum unweigerlich in die Depression. Bist du aber erst einmal in der Depression drinnen, willst du gar nicht mehr aufstehen. Wenn du diesem Impuls nachgibst oder nachgeben musst, weil du schon längst, anfangs ohne es überhaupt zu bemerken, mitten in der Schwerstdepression drinnen bist, dann wird das Chaos um dich nicht weniger, sondern mehr. Du stehst ja dann nicht mehr auf, um deine Taschentücher zu entsorgen, sondern hortest sie vorläufig neben dem Bett. Das Essen, das du mit Mühe heranschleppst, ebenfalls. Die Bücher auch. Was bedeutet, dass sich der Platz noch mehr verengt, bis du entweder reif bist für die Klinik oder aufstehst und etwas tust. Tust du aber etwas, wird es bald aufs Gleiche hinauslaufen. Der tätige Mensch kann nämlich gar nicht anders, als wiederum mehr zu produzieren, als er schließlich entsorgen kann. In meinem Fall kommen naturgemäß bei jeder Tätigkeit, die bei mir hauptsächlich im Schreiben besteht, noch mehr Papier, noch mehr Nachschlagewerke, noch mehr Notizbücher, Zeitungen, Zeitschriften, Bücher etc. zusammen. Alles lässt sich eben nicht ausschließlich auf dem Computer erledigen.

Was das Aufbewahren aller möglichen Hefte und Heftchen, Notizbüchlein, Mappen, Zettel und Zettelchen betrifft, macht Bruno das gleiche. Er wirft nichts weg. Wenn auch aus anderen Gründen als ich. Er hängt an jeder alten Notiz. Weil, wie er sagt, so eine alte Notiz Erinnerungen in ihm weckt. Er erinnere sich dann, behauptet Bruno, an Ereignisse, an die er sich, ohne die alte Notiz gelesen zu haben, nicht erinnern würde. Bruno sitzt oft in seiner Bibliothek inmitten alter Notizen, Fotos, Briefe, Zeitungsartikel und erinnert sich. Das Dilemma ist das gleiche wie bei mir. Tut Bruno nichts, wird alles immer mehr, tut er etwas, wird alles immer noch mehr. Will er zum Beispiel nur das Chaos in seiner Bibliothek ordnen, braucht er naturgemäß Ordner, Kisten, Schränke mit Aktenablagen, einen Schreibtisch mit Schubladen etc. Also Möbelanschaffungen. Da man aber alle preiswerteren Möbel selbst zusammensetzen muss, wird vermutlich auch fehlendes Werkzeug anzuschaffen sein. Bohrer, Kabel, Verlängerungskabel, Farbe für den Anstrich, dazu ein Pinsel. Und da hast du dann gleich das nächste Problem. Du kannst ja heute keinen einzelnen Pinsel, sondern musst gleich eine Großpackung mit fünfundzwanzig Pinseln verschiedener Stärke kaufen. Da du nur einen Pinsel brauchst, musst du die anderen vierundzwanzig irgendwo unterbringen, wofür du wieder neuen Stauraum brauchst. Und so weiter und so fort. Ziehst du es aus den eben genannten Gründen dann wie Bruno vor, gar nichts mehr anzugreifen, nagt das Wissen um das sich täglich verschlimmernde Chaos jenseits des Schrankes so an deinen Nerven, dass du auch auf dem winzigen Plätzchen, an dem du dich zurückziehen wolltest, schließlich keine Ruhe mehr findest. Nichtstun schwächt auf Dauer sowieso die Nerven am allermeisten. Wenn dann einmal etwas ansteht, das unbedingt erledigt werden muss, weil es das Überleben betrifft, dann hältst du die dafür notwendigen Erledigungen nervlich gar nicht mehr durch. Zum Beispiel: du hast Hunger, deine Vorräte sind aufgebraucht, du gehst in den nächstgelegenen und wieder einmal vollständig umsortierten Supermarkt, wo du jetzt gar nichts mehr findest, wartest an der Kasse in einer Schlange und dann drängt sich eine Hausfrau vor. Oder du willst kochen, wozu du erst den verdreckten Kochtopf einweichen und dann spülen musst, die Gewürze, die du brauchst, fehlen auch, Kartoffeln einzukaufen hast du vergessen und so weiter. Da kann es dann schon vorkommen, dass ein erwachsener Mensch vor seinem Küchenherd steht und weint. Ein anderes Beispiel ist die Wäsche, die du aber nur waschen kannst, wenn du sie vorher in deinem Chaos auch gefunden hast. Und selbst wenn du sie gefunden und in die Waschmaschine gesteckt hast, nachher aber feststellen musst, dass ein rotes Unterhemd unter die weiße Wäsche geraten ist und alles rosa eingefärbt hat, wieder das Gleiche. Diesmal vor der Waschmaschine. Es ist der eklatante Platzmangel, der an den Nerven zerrt.

Wahrscheinlich ist der Mensch an sich ungeeignet für die Welt. Ein reiner Störfaktor! Es könnte alles so reibungslos ablaufen, wenn es ihn nicht gäbe. Das Geld könnte arbeiten, die Natur würde in Ruhe gelassen, es gäbe genug Platz. Deshalb werden ja immer mehr Ruhezonen eingerichtet, die der Mensch nicht betreten darf. In Norddeutschland zum Beispiel, wo Bruno und ich oft Urlaub gemacht haben, schützt man in mehreren Zonen das Wattenmeer vor dem Menschen. Da gibt es zunächst noch Badezonen für Mensch und Hund, wo sowieso schon alles dermaßen zerstört ist, dass es auf keinerlei Schutz mehr ankommt. Dann gibt es Badezonen mit Hundeverbot, dort ist auch alles schon zerstört. Hier wird mehr der Mensch geschützt, damit er nicht in Hundescheiße tritt. Oder der katholische Glaube, wie ich es einmal vor Jahrzehnten mit meinem Hund in Italien am menschenleeren Strand erlebt habe, an dessen Ufer mehrere verschlossene Fässer vor sich hinrosteten, von denen ich nicht wusste, was darin gelagert war. Mein Hund sprang ins Wasser, woraufhin sofort ein durch eine Trillerpfeife als Bademeister gekennzeichneter Mann dahergelaufen kam, der mir erklärte, dass das Meer nicht für Hunde, sondern nur für Christen da sei. Meinen Hinweis auf die Fische ignorierte er mit der Entgegnung, Fische hätten keine Seele. Immerhin! Er billigte meinem Hund eine Seele zu, wenn auch eine heidnische.

Aber ich wollte ja vom norddeutschen Schutz des Wattenmeeres sprechen. Da gibt es zum Beispiel bedingte Schutzzonen, da darf der Mensch nicht immer rein, sondern nur zu bestimmten Tages- und/oder Jahreszeiten und selbstverständlich ohne Hund. Außerdem nur in angemeldeten Gruppen zu höchstens sechs Personen. Noch bedingter ist die Ruhezone, da darf der Mensch zu bestimmten Jahreszeiten nur allein mit einem Wattenführer hinein, allerdings ohne mit ihm zu sprechen. Die absolute Ruhezone ist durch Stacheldraht für den Menschen gesperrt. Viele Menschen, besonders Naturschützer, sehen das zwar ein, aber ich glaube, es kränkt sie trotzdem irgendwie. Denn es ist ja praktisch nie der Mensch, der jetzt vor dem Stacheldraht steht, der das Wattenmeer so zerstört hat, dass es vor ihm geschützt werden muss, sondern es sind in der Regel Raffinerien, chemische Industrien und so weiter, die jahrzehntelang ihren Dreck ins Wattenmeer geleitet haben. Trotzdem heißt es natürlich allerorten, der Mensch zerstöre die Natur, weswegen auch der das Wattenmeer vor dem Menschen schützende Norddeutsche meines Wissens der erste war, der die Joghurtplastikbecher abgewaschen hat, bevor er sie in Plastikmüllcontainern, von denen es immer schon zu wenige gab, sodass man stundenlange Autofahrten auf sich nehmen musste und muss, entsorgte. Wenn mich die Welt dort, wo noch Platz ist, nicht will, weil ich sie ja doch nur zerstöre, sagt sich nun der einzelne sensible Mensch, dann ziehe ich mich eben in meine eigenen vier Wände zurück. Aber dort ist, wie bereits ausführlich dargelegt wurde, auch kein Platz.

Und da kommt eben die Reduktionsfähigkeit des Menschen ins Spiel. Praktisch totstellen! Hausfrauen halten sich von früh bis spät, angeblich wegen des Wäschewaschens, in der Waschküche auf, oder, angeblich zum Wäscheaufhängen, auf dem Dachboden. Männer kommen vom Werkzeugsuchen im Keller oft erst nach Stunden wieder zurück. Diejenigen, die Geld haben, haben sowieso den Dachboden längst als Sauna und den Keller zum Fitnesszentrum ausgebaut, wo sie sich dann zurückziehen können. Der Nachteil ist, dass nach ein paar Jahren auch dort alles vollgeräumt ist, weil, wo etwas ist, immer noch etwas hinzukommt. Liegen, Massagestühle, Fitnessgeräte. Je nachdem.

Gerade um die sechzig herum häufen sich die Gichtanfälle, die Herz- und Schlaganfälle, die Krebsdiagnosen und die Altersdepressionen. Da kann derjenige, der von seiner Firma eingespart wird, froh sein, wenn er nach der vorzeitigen Pensionierung noch ein paar Jahre halbwegs gesund lebt und nicht gleich im Rollstuhl landet oder gar auf dem Friedhof. Ein Bekannter von mir, Hörspielleiter einer deutschen Rundfunkanstalt, ist exakt einen Tag vor der ersehnten Pensionierung gestorben. Ein anderer Bekannter, Kameramann, ist drei Monate vor seiner Pensionierung an Lungenkrebs erkrankt, nachdem er in Portugal eine Finca und ein hochseetüchtiges Boot für sich und seine Frau gekauft hat. Wieder ein anderer, Kulturressortleiter einer Zeitung, hat seine Pensionierung zwar ohne körperliche Erkrankung erlebt, ist aber kurz danach in eine solche Depression verfallen, dass er sich seither mindestens einmal im Jahr selbst in die Nervenheilanstalt einweist. In seinem Fall lag es an der plötzlichen Nutzlosigkeit seiner Person. Wer jahrzehntelang von Termin zu Termin, von Jurysitzung zu Jurysitzung, von Kulturereignis zu Kulturereignis geeilt ist, kann den plötzlichen Stillstand oft nicht verkraften. Auch die Bedeutungslosigkeit, in die so jemand von einem Tag zum anderen fällt, hält nicht jeder auf Anhieb aus. Da wechseln Menschen, die du vor einigen Monaten noch gefördert hast, die Straßenseite, wenn sie dir begegnen, und besonders diejenigen, die, wo immer du aufgetaucht bist, etwas von dir wollten, grüßen auf einmal nicht mehr. Der Bürgermeister oder der Landeshauptmann oder auch nur der Vorsitzende des Stadtteilkulturkomitees siezen dich plötzlich oder sind am Telefon nicht mehr erreichbar. Jetzt hast du vielleicht nicht zu den Menschen gehört – meist sind es ja die ehrgeizigen, intriganten, unsympathischen –, die sich rechtzeitig vor ihrer Pensionierung absichern, Posten für danach beschaffen, Altersnetzwerke knüpfen, und schon bist du schneller, als du schauen kannst, in einer handfesten Depression drinnen. Bist du außerdem noch ein Mann, kommt es meistens besonders hart. Wir Frauen sind ja sowohl die gesellschaftliche Bedeutungslosigkeit als auch das Zu-Hause-Hocken gewohnt, nicht aber einen Ehemann, der ununterbrochen durch die Wohnung schleicht. Ich habe schon viele Frauen aus sogenannten glücklichen Ehen, angesprochen auf die Pensionierung ihrer Ehemänner, die Augen verdrehen gesehen. Da kommen interessanterweise Alleinstehende, und zwar sowohl Männer als auch Frauen, leichter zurecht. Alleinstehende Frauen fangen oft nach ihrer Pensionierung zu reisen an oder besuchen noch einmal die Universität. Alleinstehende Männer entwickeln Hobbys wie Hasen- oder Bienenzüchten oder Fischen. Viele alleinstehende Pensionisten treten einem Pensionisten-Verein bei und entdecken dann mit zwanzig anderen Pensionisten die Heimat neu. Bei Ehepaaren ist das viel komplizierter. Besonders, wenn ein Ehepartner in Pension geht, der andere aber nicht, oder wenn die Frau zum Beispiel ohnehin zu Hause war und jetzt der Mann dazukommt. Der Nicht-Pensionist will nicht mit anderen Pensionisten wandern, die meisten Frauen haben sowieso kein besonderes Interesse an ihrer Heimat. Dazu kommt, dass jeder Ehepartner im Laufe der vergangenen Jahrzehnte, in denen jeder seinen eigenen Tätigkeiten nachgegangen ist, spezielle Gewohnheiten entwickelt hat, die er jetzt nicht aufgeben will. Da entdecken viele sechzigjährige oder noch ältere Ehepaare, dass sie gar keine Gemeinsamkeiten haben, keinen Gesprächsstoff und keine Harmonie. Oder, noch schlimmer, sie entdecken, dass der Partner gar nicht so intelligent ist, wie sie immer dachten, oder so höflich oder so ausgeglichen. Viele Frauen stehen plötzlich einem Griesgram oder Besserwisser oder Choleriker gegenüber, viele Männer einer ständig nörgelnden, verbitterten und dazu noch schwerhörigen Frau. Da ist es dann wieder kein Wunder, wenn die pensionierten Männer oder Frauen zu Nestflüchtern werden. Die Männer kehren meistens mehrmals in der Woche, manche sogar täglich, dorthin zurück, wo sie pensioniert wurden und gehen allen noch Werktätigen mit gutem Rat und mit Verbesserungsvorschlägen auf die Nerven. Je nach Reputation (Chefarzt, Professor, Verleger) stellt man ihnen im Notfall ein Kämmerchen zur Verfügung, wo sie dann an ihrem ehemaligen Schreibtisch Zeitung lesen, jausen oder am eigenen kleinen Notebook durchs Internet surfen. Bei den Frauen ist das die Ausnahme. Die Frauen neigen eher zum Zusammenschluss mit anderen Frauen als zur Rückkehr an ihre ehemalige Arbeitsstelle. Sie buchen mit anderen Freundinnen und ohne ihre Männer Kreuzfahrten, Tanz-, Töpfer- oder Französischkurse. Überhaupt ist die Frau, ob pensioniert oder nicht, ein Kursmensch. Da müssen Sie sich nur einmal umschauen bei den Volkshochschulkursen: Lauter Frauen. Ein Journalist hat mir einmal erzählt, dass er, als er noch aktiv war, zusammen mit seinem Freund unzählige Volkshochschulkurse belegt hat. Nur wegen der dort anwesenden Frauen. Am allerbesten, sagt er, war der Handarbeitskurs, dort sollen sie angeblich abwechselnd alle Kursteilnehmerinnen flachgelegt haben. Nicht während des Volkhochschulkurses natürlich, sondern hinterher. So gehen Jahrzehnte alte Ehen in die Brüche, noch und noch. Das älteste österreichische Ehepaar, das sich scheiden ließ, war laut Statistik Austria einundachtzig (er) und dreiundachtzig (sie) Jahre alt. Die kürzeste Ehe dauerte übrigens drei Wochen, aber das gehört wirklich nicht hierher.

Was ich sagen wollte ist, dass der Mensch, ob männlich oder weiblich, mit seiner Pensionierung in seiner im Laufe des Lebens vollkommen überfüllten Wohnung gar keinen Platz mehr hat. Wie sonst in der Gesellschaft auch. Der pensionierte Mann, der vor seiner Pensionierung glaubte, die eheliche Wohnung sei die gemeinsame Wohnung seiner Frau und ihm, muss plötzlich feststellen, dass die Frau während seines aktiven Lebens nach und nach alles besetzt hat. Vormittags darf er sich nicht mehr hinlegen, weil da die Betten gelüftet werden, das Wohnzimmer muss er nachmittags um drei Uhr verlassen, weil sie da saugt. Die Küche darf er sowieso nicht mehr betreten, seit er die abgewaschene Espressotasse zu den Cappuccinotassen in den Schrank gestellt hat. Im Kabinett steht statt seinem alten Ohrensessel eine raumgreifende echte Friseur-Trockenhaube, außerdem die Schmuck- und Schminkkommode seiner Frau, das kleine Gästezimmer wurde zu einem begehbaren Schrank umfunktioniert. Das Bad soll er nur vor sieben Uhr benutzen, so wie früher, am besten die Toilette auch, bevor sie aufsteht, weil sonst stinkt es wieder stundenlang. Auf der Terrasse stehen den ganzen Tag die Wäscheständer mit frisch gewaschener Wäsche – da darf natürlich keinesfalls geraucht werden – und das Bügelzimmer mit der kleinen, gemütlichen Sitzecke mit dem Rosendesign ist sowieso tabu, weil es der einzige Rückzugsbereich seiner Frau in der ganzen hundertzwanzig Quadratmeterwohnung ist. Nichts darf er selber machen. Und zwar nicht deshalb nicht, weil die Frau ihn nun, da er Tag und Nacht zu Hause ist, besonders umsorgen und umhegen wollte, sondern weil sie der Meinung ist, dass er von vornherein alles falsch macht, weil er keine Ahnung vom Haushalt hat. Da sieht der Frischpensionierte sich oftmals mit einer Meinung über ihn konfrontiert, die ihn dann schon verunsichert. Nicht einmal seine Frühstückssemmel darf er selbst bestreichen, weil er angeblich mit der Butter herumpatzt. Beim Essen der Buttersemmel soll er sich über den Teller beugen, weil er sonst so bröselt. Beugt er sich nicht über den Teller, beginnt seine Frau, noch während er frühstückt, unter dem Tisch und zwischen seinen Füßen mit dem Staubsauger zu hantieren. Während sie also den ganzen Tag saugt, wäscht, bügelt, einkauft, kocht, abwäscht, geht er mit seiner Zeitung von Zimmer zu Zimmer, von Plätzchen zu Plätzchen und hat ein schlechtes Gewissen.

Umgekehrt tut die frisch pensionierte Ehefrau oftmals gar nichts mehr im Haushalt. Zuerst will sie endlich einmal ausspannen, nach vierzig Jahren Doppel-, Dreifach- oder gar, wenn Haustiere vorhanden waren, Vierfachbelastung. Dann will sie das Leben genießen, ihre Freundinnen und Verwandten besuchen, endlich einen Handarbeitskurs in der Volkshochschule belegen oder sie fängt zu klöppeln an oder Teppiche zu knüpfen, tritt einem Filmclub bei oder einem Lesekreis oder geht freiwillig zum Roten Kreuz, wo sie dann dauernd zu Einsätzen in Katastrophengebieten unterwegs ist. Hat sie Enkelkinder, bleibt sie überhaupt oft wochenlang weg.

Maria zum Beispiel singt in einem sehr ambitionierten Chor. Vor einer Aufführung, also zumindest Ostern, Weihnachten, Pfingsten, treffen sich die Chormitglieder häufig über ein Wochenende oder noch länger in einem Seminarhaus im Mühlviertel, um zu proben. Hans sitzt dann alleine zu Hause und ernährt sich von Erdnussbuttercrackers.

Willi ist seit Langem hilflos der Abenteuerlust seiner Frau ausgeliefert. Während Katharina mit Zelt und Schlafsack durch Griechenland getrampt ist, hat er all seine rechercheintensiveren Bücher geschrieben. Wenn Katharina dann nach Wochen braun gebrannt und gut gelaunt zurückgekommen ist, hat er ihr gleich die Laune verdorben, weil er die Musik so laut aufgedreht hat. Da kann Willi aber nichts dafür, weil er ein wenig schwerhörig ist. Er war bei ihrer Rückkehr sowieso mit seinen Nerven längst am Ende, weil, auch wenn man fast nichts hört, der Kopf anscheinend trotzdem dröhnt von all dem Lärm, den man macht. Wahrscheinlich sind es die Schwingungen. Jedenfalls haben sich Willis Kopfschmerzen stets schlagartig verflüchtigt, wenn Katharina wieder zu Hause war und die Stereoanlage ausgeschaltet hat.

Else hat zu ihrer Pensionierung von ihrer Erbtante das Erbe schon zu Lebzeiten der Tante ausbezahlt bekommen und davon einen Swimmingpool in ihrem Garten bauen lassen. Das lockt natürlich im Sommer die Verwandtschaft an. Wenn Bruno und ich sonntagabends zum *Tatort*-Schauen kommen, dann ist der Garten oftmals regelrecht verwüstet. Nasse Badeanzüge und Badetücher liegen überall herum, manchmal auch Sonnenhüte oder vergessenes Sonnenöl. Auf verschiedenen Tischchen stehen Teller mit Kuchenresten und halb volle Gläser mit leuchtend orangenfarbenen oder kobaltblauen Flüssigkeiten. Dazwischen liegen die verschiedenfarbigen Lätzchen der Erbtante. Else, rot im Gesicht und mit nassen Haaren, seufzt dann und spricht davon, urlaubsreif zu sein. Mandi, der, wie bereits erwähnt, Urlaubsreisen hasst, äußert etwas vom ewigen Urlaub, in dem sich die Swimmingpool-Besitzerin seit ihrer Pensionierung sowieso befinde. Else wirft Mandi vor, dass nur sie allein die ganze Verwandtschaft am Hals hat, während er in seinem Arbeitszimmer hockt und schreibt und nur zum Schwimmen kurz einmal rauskommt. Wenn die Verwandten endlich weg sind, sagt Else, muss sie alles wieder aufräumen und für Mandi, der immer Hunger hat, das Abendessen zubereiten, während er immer noch schreibt. Mandi hingegen behauptet, bei dem Lärm, den die im neuen Swimmingpool badende Verwandtschaft macht, keine Zeile schreiben zu können. Die Streitereien, von Mandi Meinungsverschiedenheiten genannt, dauern dann oftmals bis weit in den *Tatort* hinein, sodass wir bereits den ersten Mord versäumen.

Menschen weichen heute auf der Suche nach einem ruhigen Plätzchen in den Himalaya aus, in Holzhütten im kanadischen Urwald oder besegeln die einsamsten Weltmeere. Gerade auch Menschen fortgeschrittenen Alters, die Geld haben, wollen es oftmals noch einmal wissen und muten sich unter Umständen dabei zu viel zu. Weil: Auch wenn du mit einer Luxusyacht in See stichst, musst du Kenntnisse haben, manchmal auch eine gewisse Beweglichkeit. Wer zum Beispiel für 4 682 Euro (exklusive Flug) mit Skiern oder Schneeschuhen auf den Muztaghata (deutsch »Vater der Eisberge«) in China will, sollte »alpinistisches Allroundkönnen auf Skiern oder mit Schneeschuhen, auch mit etwas schwererem Gepäck in mittelsteilem Gelände mitbringen sowie Eis- und Gletschererfahrung (Spaltenbergung), Selbstständigkeit am Berg, Teamgeist, psychische Stärke und hervorragende Kondition!« Klingt ganz schön anspruchsvoll. Aber tröstlich: »Im Notfall ist auch individueller Einsatz/Engagement von Hochträgern möglich (Zusatzkosten)!« Wem das immer noch zu anspruchsvoll ist, kann auch »Alaska: Ruf der Wildnis« buchen. Hier wird in nur sechzehn Tagen die spektakuläre Natur

Alaskas zwar mit Hotelkomfort erwandert, aber abenteuerlich bleiben die Wanderungen trotzdem. Immerhin ist Chris McCandless, ein 24-jähriger Amerikaner, 1992 ganz nahe einer der Wanderrouten verhungert. Ebenso abenteuerlich: Expeditionen in das Amazonasgebiet. Mit 1 575 Euro für zwölf Tage bist du bei »Survival Amazonas« dabei. Hier wird ein Basislager im Urwald aufgeschlagen und sieben Tage und Nächte lang survivald. Und zwar nur mit dem, was der Urwald selbst an Nahrung hergibt. Das ist sicher mehr als Alaska hergibt. »Beim Orientierungstraining erklärt uns der Guide Verhaltensregeln im Umgang mit der heimischen Flora und Fauna. So lernen wir, was harmlos und was gefährlich, was giftig und was genießbar ist.« Wenn Chris McCandless einen Guide gehabt hätte, hätte er vielleicht nicht die Samen der Wilden Kartoffel gegessen und wäre dann nicht so geschwächt gewesen, dass er keine weitere Nahrung mehr suchen konnte.

Ein Schriftsteller ist ein Mensch, der Abenteuer vorwiegend im Kopf erlebt. Schon allein deshalb, weil kaum ein Schriftsteller das Geld hätte, die Welt zu umsegeln oder den Mount Everest zu besteigen oder im Amazonas-Regenwald zu survivaln. Die meisten Schriftsteller können aus Geldmangel nicht einmal in Urlaub fahren. Es gibt Ausnahmen. Nicht zuletzt die schlechte finanzielle Lage des Schriftstellers, besonders mit zunehmendem Alter, führt zu ständigem Hadern mit der Berufswahl.

Alle Schriftsteller zwischen fünfzig und sechzig Jahren, die ich kenne, sprechen davon, endgültig mit dem Schreiben aufhören zu wollen. Ich auch. Viele haben als junge Schriftsteller relativ erfolgreich gestartet, galten als innovativ und radikal, und mussten dann im Laufe ihres Alterungsprozesses ein ständiges Abnehmen ihrer schriftstellerischen Präsenz auf dem Literaturmarkt beobachten. Weil naturgemäß jede Generation neue junge Schriftsteller hervorbringt, die als innovativ und radikal gelten, und sei es nur, weil sie mit siebzehn Jahren irgendetwas zusammensampeln oder über gewisse Feuchtgebiete oder Schoßgebete schreiben. Es gibt auch immer wieder solche, die sich auf alte Traditionen berufen, die ausschließlich aus dem Grund vom Literaturbetrieb bewundert werden, weil die Autoren, die so traditionell schreiben, so jung sind.

Man fragt sich dann als älterer Schriftsteller naturgemäß im Laufe der Jahre, was für einen Sinn es haben soll, Bücher aus einer reichhaltigen Lebenserfahrung, die nur bedrückend sein kann, wenn man die Welt rundum betrachtet, heraus zu schreiben, die sowieso niemand mehr lesen will. Das heißt, nicht niemand, aber zu wenige, als dass man vom Verkauf der Bücher auf Dauer leben könnte, eine Familie erhalten, in Urlaub fahren, die Katzen und Hunde füttern etc. Es ist nun einmal ein Unterschied, ob ich mit zwanzig ohne Kranken- und Pensionsversicherung in einem Kämmerchen in Paris oder in Berlin schreibe und mich von Baguette und Camembert oder meinetwegen von Currywurst ernähre, oder ob ich mit fünfundfünfzig eine Familie habe, mich altersbedingt gesund ernähren sollte und womöglich wegen des ständigen Sitzens vor dem Computer Bandscheibenprobleme habe und deshalb eine teure Physiotherapie oder wegen der seelischen Dauerbelastung des Schriftstellers gar eine Psychotherapie, die noch teurer ist, brauche. Fallen die Zähne mit der Zeit aus, stehen teure Zahnbrücken und/oder -implantate an, die Haare werden auch nicht besser, was Friseurbesuche nötig macht, um halbwegs anständig vor sein Publikum treten zu können. Ein zerraufter Zwanzigjähriger macht einen wilden, ein zerraufter Sechzigjähriger nur einen ungepflegten Eindruck. Ganz abgesehen von dem Brillensortiment, das die meisten Schriftsteller mit zunehmendem Alter erwerben müssen: Eine Brille zum Lesen, eine zum Schreiben, eine für den Computer, eine für die Weitsicht, eine elegantere Lesungsbrille, Kontaktlinsen für die Buchmesse und für Podiumsdiskussionen und so weiter und so fort. Die H&M-Kleidung tut es eines Tages auch nicht mehr, teils, weil man in die dort gängigen Kleidergrößen nicht mehr hineinpasst, teils weil die Girliemode in einem bestimmten Alter einfach nicht mehr angemessen ist. Nein, das sind keine Marotten. Gehört alles quasi zur Arbeitsausrüstung, ohne dass es vom Finanzamt als solche anerkannt würde. Wer will schon der Lesung eines zahnlosen Schriftstellers beiwohnen, der sein Werk vor sich hinnuschelt oder das Buch dicht vors Gesicht halten muss, damit er etwas sieht. Da leidet der Zuhörer ja mit. Auch ältere Schriftstellerinnen, denen die

Haare wie Daunenfederchen um den Kopf flattern oder die Bäuche ringwurstförmig unter den neuesten, gerade modernen bauchfreien Pullis von H&M hervorschauen, werden in der Regel vom Publikum eher gemieden. Besonders schlimm sind naturgemäß die Schriftsteller dran, die sich im Dienste der Literatur versoffen oder mit Drogen vollgepumpt haben. Nicht nur, dass die dann während ihrer Entziehungskuren keinen Groschen Geld verdienen, sondern sie haben im Anschluss daran auch noch damit zu kämpfen, ohne jedes das Schriftstellerleben halbwegs erträglich machende Hilfsmittel schreiben oder nüchtern vor ein ihnen wegen des früheren Alkohol- oder Drogenmissbrauchs womöglich feindlich gesinntes Publikum treten zu müssen. Das liegt bei Weitem nicht jedem. Gerade der Schriftsteller ist oftmals ein extrem scheuer Typ, der lieber still beobachtet als sich lautstark selbst darstellt. Weil wenn er dauernd damit beschäftigt wäre, sich selbst darzustellen, käme er nicht zum Beobachten und in Folge davon auch nicht zu seinem Stoff, der ja doch aus der genauen Beobachtung der Welt sowie Selbstbeobachtung entstehen sollte. Auf diese Weise schafft er sich dann folgerichtig auch kaum je eine Lobby, die ihn über die kritischen Jahre zwischen fünfzig und sechzig trägt. Die meisten Schriftsteller müssen deshalb spätestens zwischen fünfzig und sechzig auf einen Nebenjob ausweichen, Schreibseminare leiten, Deutsch unterrichten; im besten Fall wie Sigi Professor an einer Schreibuniversität werden, im schlechtesten Fall Zeitungsausträger.

Rudi, am Lago Maggiore, verdient sein Zubrot mit dem Vermieten des Wappensaales an Heiratswillige. Eine Trauung im Schloss kostet 500 Euro. Wer in einem Schloss heiratet, möchte natürlich wenigstens im Anschluss an die Trauung einen Umtrunk im Schlossgarten zu sich nehmen. Rudi trifft sich vor jeder anstehenden Hochzeit mit der Chefin einer Cateringfirma, die der Bürgermeister vermittelt hat, um alles Nötige zu besprechen. Die Cateringfirma liefert für weitere 1000 Euro pro Hochzeit Tische, Sessel, bei Regenwetter weiße Stoffzelte, wie man sie heute in jedem Garten sehen kann, Kühltruhen, Blumenschmuck, Prosecco, Aperol Spritz, Cocktails, Knabbergebäck, Antipasti, Süßigkeiten. Rudi ist prozentuell beteiligt. Das Mittagessen findet nicht im Schloss, sondern in einem Restaurant im Ort statt, was ebenfalls der Bürgermeister organisiert. Gott sei Dank! Denn die Stimmung steigt schnell bei so einer Hochzeit. Was im Wappensaal noch still mit einzelnen Tränen in den Augen vor sich geht, schlägt um, sobald das soeben getraute Paar als Letztes den Saal verlässt. Da stehen bereits die Verwandten und die Freunde des Hochzeitspaares mit den Reissäckchen vor der Tür und werfen unter Geschrei und zu Francas Erbitterung den Reis, der Glück bringen soll, sowohl auf das Hochzeitspaar als auch in den Garten, den Wappensaal und, weil nicht jeder gut zielen kann, auch in die Fenster von Francas Arbeitszimmer. Anschließend gehen unter der Aufsicht der Chefin der Cateringfirma junge Mädchen in schwarzen Kleidern und weißen

Spitzenschürzen im Garten herum und bieten Prosecco an. Wahrscheinlich liegt es an der Aufregung, die mit so einer Hochzeit verbunden ist, und an der Hitze (italienische Paare heiraten nun einmal am liebsten im Sommer) und sicherlich auch an der frühen Stunde – die Trauungen finden um zehn Uhr vormittags statt –, dass die Hochzeitsgäste bereits nach kürzester Zeit betrunken sind. Da liegen dann italienische Mamas mit hochroten Köpfen und gespreizten Beinen in den Korbsesseln, blutjunge Mädchen erleiden einen Kreislaufkollaps und adoleszente Knaben benehmen sich vollkommen daneben. Rudi und Franca haben schon alles erlebt. Gegen die hohe Linde oder gegen Schlosswände pinkelnde Jugendliche, sizilianische Verwandte des Hochzeitspaares, die dickbauchige Fünf-Liter-Flaschen des eigenen picksüßen roten Spumantes mitgebracht haben, der dann nach der Anreise und dem stundenlangen Schaukeln beim Öffnen explodiert ist und die Schlosswände rot eingefärbt hat. Ein anderes Mal überraschten sie ein junges Paar in ihrem Ehebett, und wieder ein anderes Mal fütterte der betrunkene Neffe eines Brautpaares die Hühner mit in Prosecco eingeweichten Bruschettastücken, sodass die Hühner durch den Schlosspark torkelten. Auch der Notarzt musste bereits mehrmals geholt werden, um kollabierte junge Mädchen oder psychische Krisen der Brautmutter zu betreuen. Der Höhepunkt war ein Brautvater, der erst am nächsten Morgen unter den Rosmarinsträuchern, wo er seinen Rausch ausgeschlafen hatte, gefunden worden war. Anscheinend war er niemandem abgegangen. Da ist es dann schon ein Segen, dass der Bürgermeister so vielen Restaurantbesitzern verpflichtet ist, dass jede Hochzeitsgesellschaft spätestens um zwei Uhr nachmittags von einem Busunternehmer, den der Bürgermeister ebenfalls gut kennt, abtransportiert wird.

Genau dann schlägt Rudis Stunde. Er hat mit der Direktorin der Cateringfirma vereinbart, alle bereits geöffneten Prosecco-Flaschen und die übrig gebliebenen Häppchen dazulassen, und macht sich dann darüber her. Er liebt Cicchetti. Auch für die Hunde und Katzen und sogar für Fritzi, den Esel und das Pferd fällt dann noch etwas ab. Franca lehnt das Resteessen, wie sie das nennt, ab und isst dann die von Rudi bereits vorbereiteten Spaghetti. Rudi bringt indessen der Direktorin der Cateringfirma Tische, Sessel, Gläser und Besteck zurück.

Im Sommer vermietet er die Turmzimmer an Touristen. B&B! Das ständige Putzen der Gästezimmer, die viele Bettwäsche, die dadurch ansteht, das Bügeln, das Einkaufen des Frühstücks, die Zubereitung, das Abräumen und Abwaschen setzt einem Siebzigjährigen schon zu, besonders wenn man das viele Auf und Ab über Wendeltreppen bedenkt. Ein hart verdientes Zubrot! Ich möchte nicht mit ihm tauschen.

Und da ist es jetzt wieder ein Glück, dass es so viele Schreibseminare gibt. Eine einmalige Gelegenheit für den Schriftsteller, Geld zu verdienen ohne gleich den Beruf wechseln zu müssen. Es gibt Schreibseminare, die dauern nur einen Tag – die nennt man meistens Schreibwerkstatt –, solche über drei Tage, fünf Tage, eine Woche, oder, wenn sie im Ausland stattfinden, zum Beispiel in einem alten Landhaus in der Toskana oder auf einer griechischen Insel, auch schon mal zwei oder drei Wochen. Meistens werden Schreibseminare aber im Inland abgehalten, möglichst in aller Abgeschiedenheit, auf dem Land, wo es keine Ablenkungen urbaner Natur gibt wie Kino, Disco, Gasthäuser, Schwimmbäder, Shoppingmalls oder Outlet-Center.

Es versammeln sich pro Schreibseminar acht bis zwölf Schreibseminarteilnehmer beiderlei Geschlechts – meist acht Frauen und zwei Männer oder neun Frauen und zwei Männer oder zehn Frauen und zwei Männer – im Alter von achtzehn bis fünfundsechzig Jahren in einem zum Seminarhaus umfunktionierten Bauernhof, um Schreiben zu lernen. Woran die meisten Schreibseminarteilnehmer allerdings zu Beginn des Schreibseminars nicht glauben. Die meisten Teilnehmer eines Schreibseminars meinen entweder, bereits schreiben zu können oder sie meinen, so schlecht zu schreiben, dass es ihnen niemand wirklich beibringen kann. So hat der – allein wegen der Verdienstmöglichkeit – hochmotivierte Schreibseminarleiter gleich zu Beginn des Kurses die schöne Aufgabe, denjenigen, die glauben, bereits schreiben zu können, beizubringen, dass sie noch nicht schreiben können, und denjenigen, die glauben, dass niemand ihnen Schreiben beibringen kann, beizubringen, dass sie bereits schreiben können, es nur noch nicht wissen. Zu diesem Zeitpunkt ist der Schreibseminarleiter bester Dinge. Er greift ein und lenkt und ordnet und lehrt.

Ungefähr in der Mitte der Seminarwoche kehrt sich dann das Kräfteverhältnis um. Die Seminarteilnehmer haben sich eingeschrieben und es beginnen die für den Seminarleiter wirklich anstrengenden Textbesprechungen. Anstrengend nicht deshalb, weil die Teilnehmer des Schreibseminars nicht begabt wären, sondern im Gegenteil, weil sich im Laufe der Woche mindestens die Hälfte der Seminarteilnehmer, manchmal ausnahmslos alle Teilnehmer, als ausgesprochene Sprachbegabungen herausstellen, was für den Schreibseminarleiter wesentlich anstrengender ist, als würde sich die Hälfte oder alle der Schreibseminarteilnehmenden als unbegabt herausstellen. Psychisch, meine ich jetzt. Der Schriftsteller um die sechzig beginnt sich zu fragen, weshalb er sich eigentlich seit Jahrzehnten mit der Produktion literarischer Texte herumplagt, während seine eigenen, oftmals blutjungen Schüler nach nur wenigen Tagen die großartigsten Texte aus dem Ärmel schütteln. Erschwerend kommt hinzu, dass sich für den Seminarleiter mit jedem erzielten Fortschritt seiner Schreibschüler unweigerlich der Gedanke einstellt, dass er letztendlich seine eigene Konkurrenz heranzüchtet. Eine Tätigkeit, die der einzelne Schriftsteller nur deshalb auf sich nimmt, weil er von seiner eigenen schriftstellerischen Produktion allein nicht leben kann. Das ist so kränkend, dass der Schreibseminarleiter an sich viel Zeit für sich bräuchte, um mit dieser Demütigung fertig zu werden. Zeit ist aber nur, wenn die Schreibschüler schreiben. Was sie ja auch wollen und sollen. Das ist der Sinn des Schreibseminars. Und da spielt dann wieder der fehlende Platz eine Rolle. Nur für den Seminarleiter. Die Schreibschüler brauchen im Laufe der Woche immer weniger Ruhe und Rückzugsmöglichkeiten, um ununterbrochen in kürzester Zeit die spannendsten Texte zu verfassen. Abends sitzen sie dann noch bis Mitternacht bei Bier oder Wein und kommunizieren. Morgens beim Frühstück sind sie im Gegensatz zum Schreibseminarleiter, der sich die ganze Nacht ohne zu trinken schlaflos im Bett gewälzt hat, wieder mäusefit.

Wenn die Schreibseminarteilnehmer dann bereits um neun Uhr vormittags ihr Schreibthema bekommen haben, verteilen sie sich überall im Bauernhof, um zu schreiben. Der Seminarleiter hingegen schleicht unruhig auf der Suche nach Ruhe und einem ungestörten Plätzchen in und um den Bauernhof herum. Umsonst. Sowohl im Schankraum hinter der Kaffeemaschine, im Vorraum hinter der Lehne eines Korbsessels, bei Schönwetter hinter einem Busch oder einer Mauer springt plötzlich ein Schreibschüler hervor, um ihn etwas zum Thema zu fragen oder ihm gar ein dickes Manuskript in die Hand zu drücken. Danach setzt sich der Schreibschüler wieder an seinen Laptop und schreibt auf der Stelle weiter. Der Schreibseminarleiter bleibt mit dem dicken Manuskript in der Hand zurück und denkt daran, dass er selbst nie und nimmer bei der geringsten Unterbrechung seinen Schreibfluss fortsetzen könnte.

Die einzige Möglichkeit für den Schreiblehrer, sich zurückzuziehen, ist, in seinem Zimmer hocken zu bleiben. Nun sind aber die Zimmer der Seminarhäuser für Schreibende oder sonst wie kreativ Tätige in den abgelegensten Gebieten Österreichs nicht, wie etwa die Zimmer der Seminarhäuser für Managertraining die bequemsten. Es herrscht meistens Landschulwochen- oder Alternativ-Workshop-Flair. Also auf jeden Fall ohne Whirlpool, ohne Badewanne, ohne Fernseher, manchmal sogar ohne Dusche. Die Zimmer sind oftmals düster, ohne Schreibtisch und mit nicht ausreichender Beleuchtung. Den Schreibschülern scheint das nichts auszumachen, sie schreiben auch in den düstersten Zimmern, ihren Laptop, dessen Bildschirm ja sowieso beleuchtet ist, auf den Knien, während die meisten Seminarleiter, die ich kenne, in der Zeit auf dem Bett in ihrem Zimmer liegen und vor sich hin dösen. Schlafen ist ja meistens unmöglich, weil die alten Bauernhäuser, in denen die Schreibwerkstätten abgehalten werden, knarrende Holzböden haben und die Schreibschüler, auf der Suche nach Inspiration, aufstehen und im Haus herumgeistern. Da hört man förmlich ihre Kreativität. Spazierengehen ist auch keine Alternative, da es immer wieder Schreibschüler gibt, die es mit ihren Schreibprojekten ins Freie zieht, sodass auch dort niemand vor ihrer Schreibwut sicher ist. Nichts aber ist wichtiger für einen Schreiblehrer als ein wenig Ruhe und Besinnung. Um nicht total in Depression zu versinken, muss er sich wohl oder übel in die düsteren Zimmer österreichischer Bauernhöfe zurückziehen, wobei dann allerdings die Gefahr besteht, dass er noch depressiver wird, eben wegen der Düsternis und auch meist wegen der Kirchenglocken, die ausgerechnet neben seinem Fenster jede Viertelstunde läuten. Auch die Bewegungsarmut während der Schreibwoche macht naturgemäß depressiv. Und da beginnt die Phase des endgültigen moralischen Niedergangs des Schreibseminarleiters. Er fühlt sich umzingelt von hochbegabten, dynamischen, vitalen Schreibtalenten. Der einzige Trost, den der starke Schriftstellercharakter finden kann, ist, dass das Schreibtalent selbst in einem Schriftstellerleben gar nichts nützt, sondern ausschließlich das Durchhaltevermögen, das Sitzfleisch und die Fähigkeit, eine möglichst starke Lobby aufzubauen. Die meisten Schreibseminarleiter, die ich kenne, kehren nach einer Woche im Gegensatz zu ihren Schülern vollkommen deprimiert nach Hause zurück. Im Grunde kann man sagen, die Schreibschüler reisen deprimiert oder zumindest ängstlich zum Seminar und kehren aufgekratzt und inspiriert nach Hause zurück, und die Schreibwerkstattleiter treffen voller Selbstbewusstsein und Energie beim Seminar ein und kehren am Ende um Jahre gealtert in ihre eigenen Schreibstuben zurück. Da ist der Schreibwerkstattleiter dann natürlich froh, wenn er, so wie ich, eine Wohnung in Süditalien hat, wo er hinfahren kann, statt in seiner Schreibstube daheim zu verzweifeln.

Sigi hat das Problem das ganze Jahr über an seiner Schreibuniversität. Dazu kommen als ordentlicher Professor noch die Verwaltungsaufgaben. Sigi ist dermaßen eingespannt, dass er selbst nur in den Sommerferien, die an den Universitäten Gott sei Dank drei Monate dauern, schreiben kann. Und da nur Kurzgeschichten, weil alles andere zu aufwendig wäre.

Mandi unterrichtet in den Sommerferien kreatives Schreiben auf einer griechischen Insel. Alles von Österreich aus organisiert. Das Kreativangebot reicht von Tanzen über Malen und Töpfern bis zum Schreiben. Zusatzprogramm: Beachvolleyball für Männer, Yoga für Frauen. Es gibt sogar ein Kinderprogramm, das jedes Jahr variiert: Papierfalten, Fingerfarbenmalen und so weiter. Da herrscht eine ganz andere Stimmung. Die meisten Kreativurlauber, die auf der griechischen Insel Schreiben buchen, sagt Mandi, wollen glücklicherweise keine Schriftsteller werden und sind deshalb locker und entspannt. Viele sind hauptberuflich Lehrer, Sozialarbeiter, Therapeuten. Insgesamt kommunikative Menschen. Die Unterkünfte sind einfach, wer wenig Geld hat, kann auch sein eigenes Zelt aufstellen. Es gibt Gemeinschaftsduschen und eine Gemeinschaftsküche. Überall wuseln Kinder herum. Es ist alles ein bisschen eng, sagt Mandi, aber dafür ist Strand genug da und das Meer. Wer einmal der Gruppe ausweichen will, braucht nur eine halbe Stunde am Strand entlang bis zur nächsten Taverne zu gehen.

Mandi vergibt vormittags seine Schreibaufgaben, dann geht er zwei Stunden joggen und anschließend baden. Um dreizehn Uhr kochen alle gemeinsam. Oft Spaghetti oder Souvlaki. Nach dem Essen gehen die meisten baden oder Volleyballspielen. Nur besonders Ehrgeizige schreiben auch nachmittags. Von siebzehn Uhr bis zwanzig Uhr werden die Texte besprochen, dann wird zusammen mit den anderen Kreativgruppen gegrillt und gegessen. Es ist immer jemand dabei, der ein Instrument spielt. Da wird dann bis spät nachts musiziert und getrunken. Alle sind die meiste Zeit wegen der Hitze in Griechenland halb nackt. Und in Ferienstimmung. Mandi sagt, wenn er nicht mit Else verheiratet wäre, könnte er während so eines Kreativkurses genauso viele Frauen abschleppen wie der Leiter der Malgruppe oder der Keramiker, obwohl die zwanzig Jahre jünger seien. Nach den Kursen, die zwei Wochen dauern, kann ein Badeurlaub für weitere zwei Wochen dazu gebucht werden. Wenn Mandi nach vier Wochen braun gebrannt, ausgeglichen und topfit zurückkommt, hat er für ein Jahr Kraft getankt.

Willi auch. Er lehrt in der Toskana. Dort ist es wesentlich komfortabler als in Griechenland. Die Zufahrtsstraße zu dem feudalen Anwesen wird gesäumt von einer Pinienallee. Jeder Gast hat sein eigenes Atelier mit Balkon oder Terrasse und Internetzugang. Jedes Zimmer hat selbstverständlich Bad und Satellitenfernsehen mit Flachbildschirm. Zum Anwesen gehören ein Swimmingpool, ein gut bestückter Weinkeller und Olivenhaine. Das zieht natürlich eine ganz andere Schreibklientel an. Keine Jungfamilien mit Kindern und Hunden, sondern ältere Paare, oft auch alleinstehende Frauen mittleren Alters. Es herrscht eher akademisches Klima. Das Essen wird von einem Koch zubereitet. Es gibt zusätzlich noch ein Gourmetangebot: Zweimal die Woche fährt Willi, wenn es gewünscht wird, mit den Schreibseminarteilnehmern in lokale Restaurants. Alles Geheimtipps! Willi sagt, fast jeder, der das Schreibseminar bucht, bucht auch das Gourmetangebot. Bei den Preisen ist das auch schon egal. Willi verdient in den zwei Wochen dementsprechend gut. Das Essen in den Feinschmeckerrestaurants ist für ihn natürlich auch frei. Dazu kommt zusätzlich die Provision, die er von den Besitzern erhält. Alles in allem lohnend, sagt Willi.

Die Wohnung in Süditalien habe ich vor fünfundzwanzig Jahren gekauft, als ich dort noch lebte. Sie war damals ein Schnäppchen. Niemand wollte im autofreien historischen Zentrum eines kleinen italienischen Ortes auf einer Bergkuppe südlich von Rom wohnen. Am wenigsten die italienische Bevölkerung selbst. Die italienische Bevölkerung zieht, so wie ja auch die deutsche und österreichische Bevölkerung noch vor vierzig Jahren, in jedem Fall moderne Beton-Wohnanlagen vor, so scheußlich können die gar nicht sein. Zentralheizung, Badewanne und Autoparkplatz vor der Haustüre sind Grundvoraussetzungen für den Wohnungskauf. Als ich vor zwanzig Jahren, unter anderem wegen Bruno, den ich da gerade kennengelernt hatte, von Italien nach Österreich zurückzog, wollte ich die Wohnung wieder verkaufen. An Ausländer, vorzugsweise Deutsche, dachte ich damals, die im eigenen Land die modernen Beton-Wohnanlagen mit Zentralheizung, Parkplatz vor der Haustüre und Aussicht auf andere Beton-Wohnanlagen längst satthaben und stattdessen atmungsaktive mittelalterliche Mauern und einen hundert Kilometer weit reichenden Blick von der eigenen Terrasse zu schätzen gelernt haben. Aber Bruno war von Anfang an dagegen. Wenn ich einmal in Pension bin, hat Bruno immer gesagt, können wir den größten Teil des Jahres in deiner Wohnung in Süditalien verbringen, auf deiner Terrasse in der Sonne sitzen, über das Land schauen und in Ruhe Rotwein trinken.

Jetzt ist es so weit. Unsere Tochter ist aus dem Haus und Bruno ist in Pension. Mit der Ruhe ist es allerdings nicht weit her. Vor Brunos Pensionierung waren wir, wegen der weiten Anreise, jahrelang nicht mehr in der italienischen Wohnung gewesen. Da kommt dann doch einiges zusammen, das dem Ruhebedürfnis im Wege steht. Schmutz eigentlich nicht, weil es in Süditalien keine Industrie gibt. Zumindest keine funktionierende. Nur Industrieruinen.

Staubwischen muss man nach so langer Zeit der Abwesenheit natürlich schon, alles Geschirr abwaschen, Böden wischen, Betten beziehen und so weiter. Das Übliche halt. Kaum war das Übliche erledigt, ging es darum, die einstmals von mir mit unzähligen Topfpflanzen bestückte, vor fünfundzwanzig Jahren üppig blühende Terrasse von dem mannshohen Gestrüpp, das zwischen den Terracottafliesen gewachsen war, zu befreien. Dabei wurden einzelne Fliesen beschädigt. Es ist ja immer so: Kaum rührt man etwas an, hat das gleich unüberschaubare Folgen. In diesem Falle tat sich die Frage auf: Wohin mit dem entfernten Gestrüpp und den beschädigten Fliesen? Vor fünfundzwanzig Jahren wäre das keine Frage gewesen: Über die Terrassenbrüstung natürlich. Aber kurz vor der Zeit, als ich den süditalienischen Ort verließ, hatte die Kommune beschlossen, die verwilderte Böschung unterhalb der letzten Häuserreihe der Altstadt, die übrigens, so wie meine Wohnung auch, auf Resten einer womöglich in vorrömischer Zeit erbauten Zyklopenmauer steht, die immer wieder von Touristen, die in Bussen angekarrt werden, besichtigt werden, zu verschönern. Der Plan war, den Müll auf der Böschung zu beseitigen, Büsche, Sträucher und Kakteen zu entfernen und stattdessen andere, schönere Büsche, Sträucher und Kakteen anzupflanzen. Wie so vieles in dem süditalienischen Ort ist es aber beim Plan geblieben. Das heißt, leider nicht ganz. Von einem Ende vor der letzten Häuserreihe der Altstadt bis ungefähr unterhalb meiner Wohnung wurde ein schmaler Betonweg auf die teilweise gerodete Böschung gegossen, der offensichtlich dem Promenieren dienen sollte. Die Frage, wer in einem süditalienischen Ort jemals auf einem Betonweg unterhalb der letzten Häuserreihe der Altstadt, wo es weder Geschäfte noch Cafés gibt, promenieren soll, wenn ein Süditaliener, wie jedermann weiß, nicht einmal auf einer prächtigen Uferpromenade promeniert, sondern immer und ausschließlich, auch für ein paar Schritte, mit seinem Auto fährt, wurde offenbar nicht bedacht. Auch Touristen würden niemals auf dem Betonband promenieren, weil sie nämlich nach Begutachtung der Zyklopenmauer sofort wieder in ihren Bussen verschwinden und irgendwo anders hingekarrt werden. Aber egal! Die Böschung wurde etwas gelichtet und der Betonweg, wie gesagt, bis unter meine Wohnung gegossen. Dort bricht er abrupt ab und endet im Gebüsch. Er hemmt aber die Entsorgung von Erde, Pflanzen, Blumentöpfen und Terracottafliesen über die Terrassenbrüstung. Auch dann, wenn bei näherer Begutachtung der Ergebnisse des einstmals so kühn gefassten Planes zur Verschönerung klar wird, dass in das Betonband tiefe Löcher eingelassen wurden. In diese Löcher sollten wahrscheinlich die Abflussrohre der Wasserleitungen und Toiletten der Altstadt geleitet werden. Nach Abbruch der Bauarbeiten blieben die Löcher offen, sodass sie für die jungen Liebespaare, die hier in der Nacht Einsamkeit suchen, zur Fußfalle werden könnten. Klar ist, dass sonst kein Italiener bei klarem Verstand diesen Betonweg benutzen würde und dass somit, wie ich von meiner Terrasse zwölf Meter über der Böschung sehen kann, längst wieder allerlei Müll, einschließlich einer kompletten Toilettenschüssel, aus den Fenstern der letzten Häuserreihe der historischen Altstadt geworfen worden ist. Aber allein das Wissen um den einstigen Plan hält die Müllentsorgung auf der Böschung (noch) in Grenzen.

Müllsäcke mit Gestrüpp, Erde und Terracottascherben stapelten sich neben inzwischen auch hinzugekommenem Alltagsmüll auf der Terrasse und hinderten uns, die Aussicht, die Ruhe, die Sonne und den Rotwein auf der Terrasse zu genießen. Einmal ganz abgesehen von dem ständigen Lärm, der von den gegenüberliegenden Weinbergen zu uns aufstieg. Mähmaschinen, Traktorenlärm, der Lärm von frisierten Vespas, die sich im Tal unten ein Wettrennen lieferten. Bruno legte sich auf das Doppelbett im sogenannten Salone meiner Wohnung, ein fensterloses Zimmer zwischen Küche und Arbeitszimmer, und versuchte, innere Ruhe zu finden, während ich begann, die Dinge, die ich damals, als ich vor zwanzig Jahren aus Süditalien nach Österreich gezogen war, zurückgelassen hatte, durchzusehen. Bücher, Kleider, Töpfe, Pfannen, Decken, Bettüberzüge, Putzmittel. Und so weiter. Das meiste davon doppelt und dreifach. Doppelt und dreifach verschimmelt, verrostet, von Motten zerfressen. Da hieß es also wieder einmal: Ausmisten. Eigentlich noch kein großes Problem, da ich im Vergleich zu Bruno die meisten unnützen oder bereits verrotteten Dinge relativ schnell aussortiere und dann wegwerfe. Das Problem war eindeutig die Entsorgung. Der Nachteil mittelalterlicher autofreier Wohnsituation ist nämlich das Heranschaffen lebensnotwendiger Nahrungsmittel beziehungsweise das Wegschaffen überflüssiger Gerätschaft. Der süditalienische Ort und darin meine Wohnung befinden sich ja, wie bereits angedeutet, auf einer Bergkuppe. Das heißt, der Ort ist steil angelegt. Mit mittelalterlichen steilen Steinstufen, bergauf, bergab. Es gibt keine ebene Fläche in diesem Ort, weshalb auch nur Leistungssportler dort Rad fahren. Wer hier altert, wird gleich steinalt, weil er täglich trainiert. Bruno und ich waren untrainiert. Und da zeigte sich unversehens Brunos ja oftmals völlig brachliegende Kraft. Nach einigen Tagen, die er größtenteils schweigend mit geschlossenen Augen auf dem breiten Bett im Salone zugebracht hatte, und der steten Zunahme von großen schwarzen Müllsäcken, die ich extra aus Österreich mitgebracht und inzwischen randvoll gefüllt hatte, und die außer die Terrasse auch bereits die halbe Küche verstopften, sprang Bruno vom Ruhebett auf, um sich der Entsorgung zu stellen. Er hatte entschieden, die Müllsäcke in seiner riesigen Reisetasche auf Rädern zu transportieren. Sonst bin ich ja immer dagegen, dass Bruno so viel Gepäck mitnimmt. Ich habe nämlich den Verdacht, dass er nicht sorgfältig plant, was er mitnehmen soll und was nicht, sondern das Packen seiner Tasche so lange hinausschiebt, bis es zu spät ist, und dann im letzten Moment alles, was ihm gerade in die Hände fällt, in riesige Taschen und Koffer stopft. Diesmal muss ich aber sagen: Gott sei Dank! So stopften wir nun täglich mehrmals jeweils einen vollen, großen schwarzen Müllsack in die riesige Reisetasche, die Bruno dann ebenso täglich mehrmals den steilsten, längsten, aber dafür einzigen Weg ohne Stufen von meiner Wohnung zum Parkplatz unter dem Ort hinunterrollte. Und da erst tat sich dann das wirklich schwer lösbare Problem auf. Es gab nämlich in der ganzen Umgebung des italienischen Ortes, in dem sich meine Wohnung befindet, keine öffentlichen Mülltonnen. Mir war gleich nach unserer Ankunft aufgefallen, dass neuerdings vor den Türen der Nachbarhäuser überall fünf bis sieben kleine bunte Mülleimer mit verschiedener Beschriftung standen, in denen wiederum kleine bunte Plastiksäckchen steckten, die abwechselnd sehr früh ausgeleert und mit Hilfe eines Müllmulis aus der autofreien Altstadt weggeschafft wurden. Meine Recherche auf der Kommune ergab, dass die Mülltrennung seit den letzten Kommunalwahlen vor einem halben Jahr sehr rigoros durchgeführt werde. Die kleinen bunten Mülltönnchen würden nach Vorlage bezahlter Müllabfuhrrechungen von der Kommune ausgegeben, inklusive eines detaillierten Müllabfuhrplanes, der in wöchentlichem Rhythmus Glas-, Plastik-, Papier-, Gartenabfall- und täglich Restmüllabholung vorsah. Brunos und mein täglicher Weinkonsum alleine hätte so ein Glasmülltonnensäckchen, das einmal in der Woche entsorgt wurde, gefüllt. Wenn wir denn überhaupt ein Glasmülltönnchen gehabt hätten. Mein Versuch, an der Mülltrennung des süditalienischen Ortes, in dem sich meine Wohnung befindet, teilzunehmen, scheiterte kläglich daran, dass ich keine Müllabfuhrrechnung vorweisen konnte, da die pauschalierte Müllabfuhrrechnung nicht von mir selbst, sondern von meiner italienischen Freundin beglichen wird, bei der ich sie dann wiederum bar begleiche. Aber beglichene Müllabfuhrrechnungen, auch wenn sie korrekt unter meinem Namen eingegangen und im Computer der Kommune gespeichert sind, reichen nicht aus. Sie müssen offenbar in Papierform persönlich überreicht werden, was, da meine Freundin aus dem italienischen Ort weg- und in einen anderen italienischen Ort näher bei Rom, wo sie arbeitet, gezogen ist, nicht möglich war. Jedenfalls nicht auf die Schnelle. Wahrscheinlich auch nicht auf die Langsame. Denn wie aus dem Verhalten des für den Müll zuständigen Beamten in der Kommune zu schließen war, schienen meine Rechte, ob nun die Rechnungen bezahlt wurden oder nicht, mit den Jahren ziemlich geschrumpft zu sein. Stirnrunzelnd erklärte mir der Müllbeamte, dass ich seit fast zwanzig Jahren keine Aufenthaltsgenehmigung mehr in Italien hätte. Klar, ich war ja weggezogen. Aber der Beamte schien das nicht gutzuheißen. Keine *Residenza*, sagte er stirnrunzelnd, keine Krankenversicherung, keine Angaben zu Fernsehgeräten. Ob mir denn die Wohnung überhaupt gehöre und ob ich das beweisen könne. Ich verließ mit dem Hinweis, alle nötigen Unterlagen bei meinem nächsten Aufenthalt in dem italienischen Ort aus Österreich, wo sie sich befänden, mitzubringen, rasch das Amt und schwor mir, niemals wieder den Versuch zu machen, mich an der Mülltrennung zu beteiligen oder das Amt aus sonst irgendeinem Anlass zu betreten. Nie wieder! Bruno und ich fuhren dann einige Stunden die Umgebung nach öffentlichen Mülltonnen ab, wobei ich, noch unter Schock von meinem Amtsbesuch, ununterbrochen weinte. Schließlich landeten wir unverrichteter Dinge in unserem Lieblingslokal in einem anderen kleinen italienischen Ort und aßen unsere Lieblingsspeisen: hervorragende Antipasti mit gefüllten Tomaten, Coniglio alla cacciatore und je eine Riesenportion Zuppa inglese. Dazu tranken wir eineinhalb Liter Rotwein (Cesanese).

Bereits nach zwei Tagen begann es in unserem Auto zu stinken. Die Müllentsorgung drängte. Gott sei Dank stellten wir auf der Suche nach Spazierwegen bald fest, dass es nur im Bereich unserer Kommune die vielen verschiedenen kleinen, aber keine öffentlichen großen Mülltonnen gab, während es in der Nachbarkommune keine kleinen bunten Mülltönnchen, dafür aber – wahrscheinlich öffentliche – große Mülltonnen gab. Zumindest standen immer mal wieder einzelne Mülltonnen auch abseits von Privatwohnungen. Zwar auch nicht gerade zahlreich, sodass wir täglich unsere Mülltour erweitern mussten, um nicht sämtliche wahrscheinlich öffentliche Mülltonnen der Nachbarkommune zu verstopfen, aber immerhin. Wir waren ständig im Einsatz. Mit der Zeit spezialisierten wir uns mehr und mehr auf Müllcontainer nahe der großen Supermärkte, wo wir dann auch, statt wie vorher in den kleinen Läden unseres Dorfes, gleich einkauften und auf diese Weise aufgrund des größeren Angebotes auch unseren laufenden Müll vergrößerten. Einen Müllcontainer, der am vergitterten Eingang zu einem ehemaligen Vergnügungspark stand, in dem eine Achterbahn und ein Riesenrad vor sich hinrosteten, füllten wir bis zum Rand. Unsere Möglichkeiten zur Müllentsorgung schrumpften täglich. Bis wir eines sonnigen Tages beschlossen, uns von all der Mühe im Naturschutzgebiet auf einer Hochebene etwa dreißig Kilometer von unserem Ort entfernt zu erholen. Die Erholung gelang. Wir gerieten beinahe in Euphorie: keine Menschen weit und breit, aber eine Mülltonne neben der anderen. Die ganze Panoramastraße auf der Hochebene, auf der sich auch verschiedene weltberühmte Klöster befinden, gespickt mit leeren Mülltonnen. Ungeachtet der Tatsache, dass die Müllentsorgung auf der Hochebene, auf die eine schmale Straße in vielen Haarnadelkurven führt, sicherlich weitaus aufwendiger und kostenintensiver sein muss als unten in der Ebene, wurden wir entlang der Panoramastraße unsere alten Pfannen, das Gras und die Erde und die meisten beschädigten Terracottafliesen los. Blieben nur noch die Säcke in der Küche übrig. Und dann entdeckten wir auch noch die sogenannte *Selva*. Die *Selva* ist ein Vogelschutzpark in der Nähe des Ortes, in dem sich meine Wohnung befindet. Vor fünfundzwanzig Jahren, als ich noch in dem Ort gelebt hatte, war die *Selva* jedermann ein Begriff gewesen. Damals neu eröffnet, war überall die Rede von diesem angeblich hunderte Hektar großen Naturschutzpark, der tausenden Besuchern nicht nur sämtliche in Italien ansässigen Vogelarten bieten konnte, sondern auch Plätze zum Picknicken, Ballspielen, Entspannen. Wanderwege durch unberührte Natur, über Hügel und durch dichtes Bambusgras seien, hieß es, ebenso angelegt worden wie Teiche, Flussläufe, sogar ein kleines Freilufttheater. Inmitten eines verwunschenen Teiches mit Seerosen läge ein Restaurant, betrieben von Don

Sebastiano, einem der besten Köche Latiums. Ich war damals nie dort gewesen, da mir allein die Vorstellung von dem Ansturm tausender Besucher in einem Vogelschutzpark abstoßend erschien. Nun gelangte ich mit Bruno durch Zufall dort hin. Süditalien ist ja bekannt für seinen Mangel an Wanderwegen. Wo immer man versucht, sich zur Erholung in freier Natur zu bewegen, wird entweder vor Jägern oder vor Wildschweinen gewarnt. Kümmert man sich nicht um die Warnschilder und geht ein paar Schritte, muss man nach kürzester Zeit feststellen, dass der eingeschlagene, anfangs vielversprechend aussehende Wanderweg versandet, im Nichts endet oder im Garten eines Weinbauers. Und da kamen wir auf der ständigen Suche nach Mülltonnen und Spazierwegen an der *Selva* vorbei. Eine große, verwitterte Tafel mit einem Vogel mit überdimensionalem Schnabel darauf wies auf das Vogelschutzgebiet hin. Ohne viel Hoffnung auf positive Überraschungen bogen wir an einer Stelle, wo ein mobiler Imbisswagen mit der Aufschrift *Salsicce* stand, von der Hauptstraße in Richtung *Selva* ab. Zuerst einmal fuhren wir auf einer langen, geraden, ursprünglich wohl großzügig angelegten, nun aber teilweise bereits wieder von Gras bewachsenen Straße durch ungepflegte Wiesen. Im Abstand von jeweils fünfzig oder hundert Metern standen Schilder mit Pfeilern *Entrata*. Die Straße verbreiterte sich, wurde noch schlechter und endete schließlich auf einer großen Betonfläche mit Schlaglöchern. Zweifellos einmal ein Parkplatz für hunderte Autos. Und dann doch die positive Überraschung: Zuerst die Mülltonnen vor dem Zaun. Aufgefädelt in Zehnerreihen standen sie da, groß und leer. Wir entledigten uns sofort der wie immer im Kofferraum unseres Autos lagernden Müllsäcke. Kurz darauf schon wieder große Überraschung, jenseits des meterhohen Zaunes tat sich, trat man gebückt durch ein großes Loch im Zaun, eine wild romantische Landschaft auf. Grün, verwunschen, menschenleer. Und atemberaubend weitläufig. Wir gingen vorbei an einem Teich, in dessen Mitte auf einer kleinen Insel ein asiatisch anmutendes verlassenes Gebäude stand, zu der eine baufällige Holzbrücke über den See führte. (Ehemals Don Sebastianos Restaurant?) Vorbei an dicht gewachsenen Bambusgrashainen, aus denen es zwitscherte und piepste, raschelte und fiepte, tirilierte und pfiff. Wir überquerten einen sanften Hügel und gelangten zu einer Wiese mit unzähligen verwitterten Holztischen und -bänken, teilweise morsch oder umgefallen, und Steinöfen zum Grillen. Spazierwege waren begrenzt von breiten, niedrigen Steinmauern. Nirgends ein Auto, nirgends ein Mensch, nirgends ein bewohntes Haus. Kein Lärm einer Mähmaschine, eines Traktors oder einer Vespa. Stille. Niedrige Nebelfetzen auf den Wiesen, alte Bäume mit meterdicken Stämmen, eine eingezäunte Freilauffläche für Hunde. Alles moderte irgendwie vor sich hin. Die Zäune durchlöchert, zum Teil niedergetreten, die Wiesen feucht, die Äste der Bäume morsch, die Mauern bemoost. So einfach, dachte ich, kann alles sein, wenn nur Platz und Ruhe ist. Nachdem wir die *Selva* nach Stunden wieder verlassen und unseren Müllvorrat komplett in die leeren Mülltonnen verteilt hatten, beschlossen wir, uns an dem Imbissstand an der Hauptstraße mit *salcicce* zu stärken. *Salsicce* sind fette, kräftig gewürzte Schweinsbratwürstel, die mit Senf, Zwiebeln und *Cime di Rapa*, hier *Broccoletti* genannt, in warmer *Foccacia* serviert werden. Köstlich. Während wir an dem wackeligen Klapptisch saßen und unsere *Salsicce*-Burger aßen und auf der Hauptstraße direkt neben uns riesige Lastwagen vorbeirasten, verwickelte uns der Inhaber des Imbissstandes in ein Gespräch. Das heißt, nach kurzer Abklärung, woher wir kamen und was wir hier machten und unserer Frage, wieso außer uns kein Mensch die *Selva* besuchte, holte er zu einem langen Monolog aus. Ich verstehe den Dialekt im näheren Umkreis des Dorfes, in dem sich meine Wohnung befindet, recht gut, trotzdem kann ich nicht für jedes Wort des Imbissstandbesitzers, der sich bei dem Thema mehr und mehr in Rage redete, garantieren. Soviel ich verstand, handelte es sich bei der *Selva* um eine gigantische Fehlinvestition des italienischen Staates, um eine ausgesprochene Gaunerei, ein Husarenstück gewissenloser Adeliger. Und zwar ging es insbesondere um einen Bruder der belgischen Königin und seine hiesigen Vasallen, die den Grund und Boden, auf dem die *Selva* vor fünfundzwanzig Jahren errichtet worden war, besaßen und laut Imbissstandinhaber noch immer besitzen. Worin die Gaunerei des Adels im Detail bestand, habe ich nicht verstanden. Nur so viel, dass sich dieser Bruder der belgischen Königin an der *Selva* trotz

Milliardeninvestitionen (Lire damals) des italienischen Staates eine goldene Nase verdient habe, sich seit dem Konkurs des Unternehmens stets außer Landes aufhalte, sich nicht um seine Ländereien kümmere und Steuern hinterziehe. Bei der Sache mit den hinterzogenen Steuern erregte sich der Besitzer des Imbissstandes besonders. Er schien aus seinem mobilen Imbissstand herauszuwachsen, als er uns, weit aus dem Verkaufsfenster gelehnt, darüber aufklärte, dass er nach einer allfälligen Prüfung durch die *Guardia di Finanza* wegen der wenigen schwarz verkauften Würstel, die er während eines Tages an der Zufahrt der aus Gründen adeliger Inkompetenz kaum mehr besuchten *Selva* verkaufe, garantiert ein paar Jahre hinter Gittern säße, während die adeligen Halunken sich ein schönes Leben im Ausland machten.

Das Glück war uns nicht lange hold. Nachdem wir ein paar Tage jeden Nachmittag in der *Selva* unseren Müll abgelagert hatten, stellten wir fest, dass die herrlichen Zehnertonnen wohl niemals ausgeleert wurden. Und auch zehn große Mülltonnen sind irgendwann voll. Wir wichen wieder auf die Hochebene aus. Auf der Hochebene gerieten wir dann Tage später in eine Hetzjagd. Fünf Männer in Tarnkleidung mit Flinten über den Schultern beobachteten ganz offensichtlich missmutig unseren Versuch, den einzigen markierten Wanderweg, den ich je in Süditalien gesehen habe, zu benutzen. Sie grüßten uns nicht. Ihre an Zäunen angeleinten Jagdhunde jaulten. Wir drehten um. Die Mülltonnen waren mittlerweile mit Schlössern versehen.

Auch aus dem Rotweintrinken auf der Terrasse wurde nichts mehr. Anscheinend hatte der Klimawandel auch Süditalien erreicht. Es blies ein kalter Wind. Unsere Beine waren vom vielen Stiegensteigen schwer, der Rücken schmerzte von der Renovierung des Terrassenbodens, dem Streichen der Jalousien und des Terrassengeländers, der Kopf vom vielen Rotwein, den wir statt auf der Terrasse mit Fernblick im fensterlosen *Salone* tranken.

Und dann plötzlich diese Augenblicke: Die Sonne kommt gegen Abend zwischen den Wolken hervor, es wird schlagartig warm, ja heiß in der Sonne auf der Terrasse. Es ist vollkommen windstill und ruhig. Keine Mähmaschinen, keine Vespa-Wettfahrten, kein Hundegebell, nur die Mauersegler rasen im Zickzack schreiend über den riesigen Himmel. Die Berge in der Ferne sind hellblau, die näheren dunkelgrau, die ganz nahen Hügel grün. Am Horizont, etwa hundert Kilometer entfernt, sehen wir das Meer in der Abendsonne glitzern.

Als Bruno dann einen furchtbaren Hautausschlag bekam, wahrscheinlich eine Stauballergie, beschlossen wir, sobald die letzten Müllsäcke entsorgt wären, nach Hause zu fahren. Was wir dann auch taten. Mit einem Zwischenstopp am Lago Maggiore.

Dort gab es dann das Problem mit dem toten Pferd. Rudi empfing uns bereits am großen Eisentor vor der Zufahrtsstraße zum Schloss. Das Pferd, sagte er, sei im Stall gestorben und habe sich dort liegend so verkeilt, dass man es jetzt nicht mehr aus dem Stall transportieren könne. Es sei überhaupt zu schwer für seinen kleinen Fiat 500, aber Brunos Auto habe garantiert die nötigen PS. Und ein Abschleppseil. Es gelang auch mit Brunos Auto nicht, das Pferd mit dem Seil aus dem Stall zu schleppen. Schließlich musste ein Traktor organisiert werden, der das Pferd und einen Teil des Stalles hinter sich herzog bis zu dem hinteren Teil des Schlossparks, in dem bereits sämtliche in den letzten Jahrzehnten verstorbene Hunde und Katzen begraben waren und wo Rudi und Bruno unter einer Pinie inzwischen ein großes Loch ausgehoben hatten. Fritzi stand dabei und schrie. Rudi sagte, dass damit das nächste Problem anstünde. Ein Esel bleibe nicht alleine. Er sei extra wegen des Pferdes angeschafft worden, das auch nicht alleine habe bleiben wollen. Die restlichen Tage verbrachten wir auf der Suche nach einem zu Fritzi passenden Esel.

Franca war während der Zeit bei einem Kongress in Holland über Emotional Geography.

Bruno ist mit seinen Nerven vollkommen am Ende. Obwohl wir uns inzwischen im vorderen der beiden Holzhäuschen von Sigi und Karla am Badesee in Österreich befinden. Direkt am Wasser. Mit freiem Blick über den ganzen See, die Hügel gegenüber und die Berge dahinter. Bei der geringsten Anforderung rastet er aus. Während ich an diesem Text geschrieben habe, hat mein Computer nämlich seinen Geist aufgegeben. Das heißt nicht ganz. Aber fast. Indem er mehrmals täglich ohne ersichtlichen Grund herunter fuhr. Alles, was nicht gespeichert war, war weg. Nachdem ich auf diese Weise zwei Seiten verloren habe, die ich aber glücklicherweise noch rekonstruieren konnte, hat mir Sigi seinen Unicomputer geliehen, auf dem ich dann, natürlich unter schlechteren Bedingungen – der Bildschirm ist viel kleiner, die Tastatur zu eng, die meisten Befehle wie Seitenlayout oder Zoomfunktionen finde ich nicht –, weiter schreiben konnte. Aber das ist natürlich keine Dauerlösung. Deshalb habe ich Bruno gebeten, mit mir nach Salzburg zu fahren, um einen neuen Computer zu kaufen. Das war noch kein Problem. Bruno fährt gerne Auto und kauft auch gerne neue technische Geräte ein. Das Problem kam erst später. Wie ich aus langer leidvoller Erfahrung weiß, liebt Bruno zwar technische Geräte, aber nur, wenn sie funktionieren. Funktionieren sie nicht, dreht er durch. Ein neuer Computer kann aber gar nicht funktionieren, weil er ja erst einmal eingerichtet werden muss. Ich bin technisch völlig unbegabt. Bruno nicht. Theoretisch. Praktisch hasst er alles Technische, das nicht auf Anhieb funktioniert. Versucht er, einen neuen Computer einzurichten, liegen schnell die Nerven blank. Was sich dann unmittelbar gegen den Besitzer des noch nicht funktionierenden, weil erst einzurichtenden Computers wendet. Also gegen mich. »Schau mir nicht dauernd über die Schulter!« Jetzt verstehe ich zwar, dass ein technisch begabter Mensch die Nerven verliert, wenn sich ein in technischen Belangen durch und durch unbegabter Mensch hinter ihn stellt und ihm gute Ratschläge gibt, wie das zum Beispiel bei meiner

Mutter der Fall war. Aber ich bilde mir ein, aus den schrecklichen Szenen, die sich diesbezüglich in meiner Kindheit und Jugend zwischen meinen Eltern abgespielt haben, gelernt zu haben. Ich stehe meistens still hinter Bruno und schlage nur vorsichtig eine Vorgehensweise vor oder frage zaghaft etwas nach, um überhaupt eine Ahnung davon zu bekommen, wie der Computer dann später funktionieren könnte. Bruno hingegen behauptet, ich kontrollierte ihn aus dem Hinterhalt und wisse alles besser. Und schon bilden sich auf beiden Seiten Aggressionen. Daher versuche ich zu vermeiden, dass Bruno überhaupt in die Lage kommt, ein technisches Gerät reparieren zu müssen. Eher arbeite ich mit schadhaften oder nur teilweise funktionierenden Geräten. Was natürlich im Falle eines durch einen kaputten Computer unterbrochenen Schreibflusses nicht möglich ist. Die Literatur geht vor! Gott sei Dank kennt Sigi sich mit Computern aus! Was Bruno allerdings bezweifelt, seit Sigi einmal vor ein paar Jahren bei uns daheim auf meinem Computer die Texte seiner Schreibstudenten korrigiert hat und mein damaliger Computer zwei Tage später den Geist aufgegeben hat. Bruno ist also schon bei dem Gedanken genervt, dass Sigi sich nun an meinem funkelnagelneuen Computer zu schaffen macht. Was sich im Übrigen auch für Sigi als hoch kompliziert herausstellt, weil mein neuer Computer Windows 8 hat, während mein alter Computer Windows XP hatte und Sigis Unicomputer Windows 7. Windows 8 wehrt sich gegen Windows 7 und gegen Windows XP. Mein USB-

Stick, auf dem alle meine Daten gespeichert sind, wird nicht erkannt, und ohne Internet geht gar nichts! Während Sigi, der ja nun wirklich genug mit den Hausreparaturen usw. am Hals hat, sich einen ganzen Tag lang bemüht, liegt Bruno reglos im Bett und misstraut Sigis Tätigkeiten. Und da haben wir es wieder: Reglos im Bett liegen strapaziert die Nerven wie sonst kaum etwas. Bruno ist schließlich so genervt, dass er die Katzen, die er auf meine Bitte hin von Linz an den Badesee transportiert hat, zu beschimpfen beginnt. Während ich auf Sigis Unicomputer versuche, an diesem Text zu schreiben, höre ich Bruno im Gang draußen »Scheißkatzen, blöde Viecher, nichtsnutzige Parasiten« murmeln. Und das nur, weil sie überall hinaufklettern und bei jeder Tür hinausgehen wollen. Selbstverständlich verteidige ich die Katzenhaftigkeit meiner Katzen, was zu einer weiteren Verdüsterung des Klimas beiträgt. Als ich schließlich noch das Ansinnen an Bruno stelle, eine moskitosichere Netztüre zu installieren, damit die Katzen nicht entwischen können und wir trotzdem nicht ersticken, ist wohl das Fass bereits voll. Während Sigi dann nach einer schlaflosen Nacht einen Weg findet, meinen Stick doch zu installieren und das System einzurichten, arbeitet Bruno an der moskitosicheren Türe, die für den Menschen leicht, für die Katzen aber schwer zu öffnen ist. Dabei wirkt er eigentlich ganz zufrieden, abgesehen von einigen deftigen Flüchen. Nachdem Sigi meinen neuen Computer nun so halbwegs benutzungsfähig gemacht hat – das ganze Office-Paket fehlt und die angeblich vorinstallierte Word-Version stellt sich als eine WordPad-Version mit nur wenigen Funktionen heraus –, fahren Karla und er für zehn Tage weg. In unsere Wohnung in Süditalien. Während ich also alleine versuche, den neuen Computer in Funktion zu nehmen, ergeben sich naturgemäß wie bei jedem neuen Computer allerlei Probleme. Das größte Problem ist eigentlich, dass die kleine WordPad-Version oder, wer weiß das schon, Windows 8 insgesamt die Formatierung meines Textes auf dem Speicherstick, auf dem ich Gott sei Dank alles bisher Geschriebene gespeichert habe, umformatiert. Vielleicht liegt es ja auch nicht an WordPad und auch nicht an Windows 8, sondern an mir selbst. Wie leicht streift man mit dem kleinen Finger zufällig eine Taste und schon ist der ganze Text umformatiert. Leider auf eine Art und Weise, die mir das Schreiben verunmöglicht: In einer langen Wurst ohne Absätze und Seitenzahlen steht er als schmaler Streifen auf meinem neuen Computer mit dem großen Bildschirm. Ich wechsle also erneut auf Sigis Unicomputer, der aber nach einem Tag urplötzlich mitten im Text ein Fenster einfügt, in dem man die letzte Seite in Minimalausfertigung sehen kann. Das stört meine Konzentration. Bruno verflucht inzwischen weiter die Katzen, die sich seiner Meinung nach als undankbar erwiesen, weil sie trotz moskitosicherer Türe immer noch in den Garten hinausschlüpfen wollten.

Meine Arbeit droht zu stocken. Es bleibt nur eine schnelle radikale Lösung. Ich beschließe, nicht mehr zwei Tage zu warten, bis die Katzen das Hausinnere genau kennengelernt hätten, sondern sofort die Türe zum Garten zu öffnen, meinen ursprünglichen Computer wieder auszupacken und darauf weiter zu schreiben, ohne zu vergessen, alle paar Zeilen zu speichern.

Bis jetzt klappt alles. Mein alter Computer ist noch nicht ein einziges Mal wieder unvermittelt abgestürzt, ich habe bis jetzt alles gespeichert, und die Katzen verlassen das Haus nur sehr zögerlich. Keine Gefahr, dass sie plötzlich auf den Bahngleisen oberhalb des Hauses am Badesee landen oder im Gewerkschaftsbad. Ich bin sehr zufrieden.

Bruno nicht. Er ist verbittert, dass er die moskito- und katzensichere Türe nun ganz umsonst gebaut hat. Das dämpft weiter die Stimmung. Ich bin kaum noch in der Lage, mich auf diesen Text zu konzentrieren. Im Grunde glaube ich, dass es Bruno an dem Badesee gar nicht gefällt. Was daran liegt, dass die Katzen herumlaufen, Türen gebaut werden müssen, die Klospülung oftmals nicht funktioniert und kein Geschirrspüler vorhanden ist. Dauernd ist irgendetwas zu tun, während Bruno nur seine Ruhe haben will. Dabei stört ihn der Lärm von der Kantine rechts neben unserem Holzhäuschen und vom Badestrand links von dem Holzhäuschen. Die Walker, Jogger und Radfahrer auf dem Weg hinter unserem Häuschen stören ihn auch.

Leider gebe es in Italien weder eine Schreibakademie noch Schreibseminare, sagt Rudi beim gemeinsamen

Skypen während des Abendessens. Er denke an eine Dependance der Wiener Schreibuniversität im Schloss. Aber auf Basis privater Bezahlung durch die Studenten. Sigi, der inzwischen wieder aus Süditalien zurück ist, soll alles organisieren. Es ist schon dunkel, der Halbmond spiegelt sich im See. Auf dem Tisch steht Sigis Laptop, auf dem wir Rudi und Franca beim Abendessen vor dem Schloss am Lago Maggiore sehen können. Sie sind ein wenig verpixelt. Wir prosten einander zu. Sigi, der vom Tisch weg zum Grill muss, wo er die Lammkoteletts überwacht, ruft aus der Dunkelheit, dass er genug Arbeit mit der Universität in Wien habe und auf gar keinen Fall noch irgendetwas in Italien organisieren werde, aber Rudi kümmert sich gar nicht darum. Er sagt, die Studenten könnten in ihrer Freizeit am Lago Maggiore paddeln und schwimmen und im Schlosspark die Tiere füttern, da herrsche doch eine ganz andere Atmosphäre als in Wien. Sigi brauche ja gar nicht selbst zu unterrichten, seine Kollegen unterrichteten doch sicher gerne einmal in Italien. Er selbst würde auf jeden Fall einen Haiku-Kurs anbieten. Sigi kommt kurz hinzu und haut mit der Faust auf den Tisch, dass der Laptop wackelt. Er wirft Rudi vor, keine Ahnung zu haben, was es heiße, einen Universitätsbetrieb zu organisieren, und dass er sogar am Badesee im Sommer Tag und Nacht Mails von der Universitätsleitung bekomme und außerdem noch von den Studenten, die ihm ihre Romane herübermailen würden. Schluss, aus, sagt er, kein Schreibseminar im Schloss. Such dir eine andere Einnahmequelle. Franca ist vollkommen einverstanden. Erstens, sagt sie, fehlten sowieso Toiletten und Badezimmer für die Schreibschüler und zweitens wolle sie ihre Ruhe, wenn sie von ihren eigenen Seminaren, Forschungsaufträgen und Kongressen in aller Welt zurückkommt. Gerade Ruhe fehle sowieso im Schloss. Rudi sagt gerade, dass die Studenten doch im Schlosspark pinkeln könnten, aber Franca fährt den Laptop vor dem Schloss einfach herunter.

Seit die Cousine Francas geschieden ist, kommt sie mit ihren beiden Kindern beinahe jedes Wochenende in ihren Schlossteil, wo dann die Haushälterin, die sie von Mailand mitbringt, nicht nur die Wohnung saugt, sondern auch die Blätter sowohl im Innenhof des Schlosses als auch auf dem Vorplatz. Und zwar mithilfe eines Rohrsaugers, der bekanntlich einen Höllenlärm macht. Aber gut, das ist das Wochenende, da ist heute überall auf der Welt der entsetzlichste Lärm, weil ja kein Platz ist, dem Lärm auszuweichen. Alles ist besetzt von Menschen und Tieren. Rudi hat zwar keinen passenden Esel für Fritzi gefunden, dafür hat er die zwei alten Pferde eines italienischen Straßenkünstlers, der weder Wohnung noch Land besitzt, wo er sie unterstellen könnte, bei sich aufgenommen. Der linke Trakt des Schlosses ist vom Bürgermeister des Ortes gemietet. Der Bürgermeister hat drei kleine Kinder. Der Schlossverwalter wiederum hat einen Sohn, der Automechaniker gelernt hat. Der Sohn des Schlossverwalters hat nun auf Bestellung des Bürgermeisters für die zwei größeren seiner drei kleinen Kinder ziemlich teure Kindermopeds gebaut. Kindermopeds sind genauso laut wie Erwachsenenmopeds. Eventuell sogar noch eine Spur lauter. Mit diesen lärmenden Kindermopeds rasen die beiden größeren der drei kleinen Kinder des Bürgermeisters nun Tag und Nacht – italienische Kinder schlafen ja nie – durch den Park. Fritzi und die beiden alten Pferde sind ständig auf der Flucht, wobei Fritzi markerschütternd schreit. Das kleinste der drei kleinen Kinder schreit ebenfalls, weil es auch ein Kindermoped haben möchte. Der neunjährige Sohn der Cousine Francas möchte auch ein Kindermoped, die elfjährige Tochter möchte ein kleines Geländeauto, so wie sie die Prominenten besitzen, die damit die Sanddünen ihres eigenen Strandes hinauf- und hinunterrasen. Wenn alle fünf Kinder mit den Fahrzeugen ausgestattet sind, werden Rudi und Franca wohl doch aus ihrem Schloss ausziehen müssen, wenn sie ein wenig Platz und Ruhe haben wollen. Aber wohin?

Da haben es Willi und Katharina auf den ersten Blick leichter. Sie haben weder Untermieter noch Esel und Pferde noch Kinder in der Umgebung noch einen Verwalter in ihrem Einfamilienhäuschen etwa dreißig Kilometer außerhalb der Landeshauptstadt, praktisch auf dem Land. Was aber natürlich, wie man weiß, auch seine Nachteile haben kann: Im Winter vereiste, nicht geräumte Straßen, Schneelasten auf dem Dach, Erdrutsche bei Regenfällen, Fräsmaschinen, elektrische Sägen, Traktoren und Erntemaschinen, übermäßige Düngung von

Feldern und Wiesen. Wo noch eine spärlich besiedelte Landschaft ist, da zieht es außerdem Wanderer, Mountainbiker, Nordic Walker, Schwammerl- oder Beerensucher, manchmal sogar ganze Schulklassen hin. Besonders, wenn die wenig besiedelte Landschaft nur dreißig Kilometer vom Ballungszentrum entfernt ist. Kurz gesagt: Auch bei Willi und Katharina ist sowohl sommers wie winters der Teufel los. Im Winter kommen nämlich die Langläufer, die Schneeschuhgeher und die Schlittenzieher (auf dem Schlitten sitzen Kinder und Mutti, Vati zieht). Erschwerend kommt hinzu, dass Willi und Katharina einen sich einst als Straßenhund in Mallorca durchschlagenden Zwergpudel namens Bertl besitzen, der es Willi und Katharina durch besondere Wachsamkeit dankt, dass sie ihn gerettet haben. Da kann Bertl noch so gut auf seinem Schaffell hinter dem Ofen schlafen, wenn sich nur von Weitem jemand nähert, seien es nun Wanderer, Nordic Walker, Langläufer, Jogger oder Nachbarn, Kinder, Autos oder Mopeds, dann bellt er wie verrückt. Und zwar so lange, bis die Wanderer, Nordic Walker, Langläufer, Jogger oder die Nachbarn, Kinder, Autos oder Mopeds verschwunden sind, was oft eine Viertelstunde und mehr dauert. Willi tritt dann aus seinem Arbeitszimmer in den sogenannten Umgang, der mit Schiebetüren aus Glas begrenzt ist, sodass man sich sommers wie winters dort aufhalten kann (winters mit Anorak wegen der Kälte, sommers mit Badebekleidung wegen der sich im Glasumgang stauenden Hitze). Willi schaut bei den Glastüren hinaus, bis Bertl nicht mehr bellt, und raucht. Weil Bertl aber nicht nur bellt, bis sämtliche Menschen, die nicht seiner unmittelbaren Familie angehören, aus seiner Sicht- und Hörweite, sondern auch aus seiner Riechweite verschwunden sind, raucht Willi dabei oftmals drei oder vier Zigaretten direkt hintereinander. Manchmal tritt dann auch Katharina dazu und raucht, sodass sich dichte Rauchschwaden im verglasten Umgang ausbreiten, der dann von außen betrachtet wie ein Aquarium ausschaut. So kann trotz der guten Landluft, der vielen Gartenarbeit bei jedem Wetter und der gesunden Ernährung (die beiden bevorzugen Biokost) durch zu wenig Platz die Gesundheit nachhaltig beeinträchtigt werden. Katharina hat deshalb statt eines Klingeltons den Refrain »Ich bin reif, reif, reif, reif für die Insel« von Peter Cornelius auf ihr Handy geladen.

Marlon Brando hat angeblich damit angefangen. Seine Insel liegt in Polynesien, Larry Ellison besitzt mehrere auf Hawaii, Leonardo DiCaprio in Belize, wo immer das liegen mag, Mel Gibson auf Fidschi, Richard Branson hat drei in den British Virgin Islands, Johnny Depp auf den Bahamas. David Copperfield ebenfalls, Nicolas Cage hat dort zwei, so wie Eddie Murphy. Shakira und Roger Waters von Pink Floyd ebenso. Mick Jagger sowieso. Ich war noch nie auf den Bahamas. Aber es klingt so, als könnte es auch dort langsam eng werden. Ich meine, die Jungs haben ja sicherlich alle Schnellboote, Flügelboote, Wassermotorräder, Mordsyachten oder

Wasserflugzeuge. Ich weiß nicht, ob man den vielen Lärm, den das alles macht, dann auch von Insel zu Insel hört. Oder ob sie sich gegenseitig besuchen. Zum Beispiel, David Copperfield liegt gerade mit seiner in Orth am österreichischen Traunsee angetrauten blutjungen Frau am weißen Strand seiner eigenen Insel und will sich an sie ranmachen, da rattert Nicolas Cage auf seinem Wassermotorradschlitten auf einen Drink vorbei. Kurz darauf landet Eddie Murphy mit seinem Wasserflugzeug vor dem Steg, dass das Wasser nur so aufspritzt, oder sonstwer kommt vollgekokst auf irgendeinem anderen Wasserbomber daher. Und selbst wenn sie einander gegenseitig nicht besuchen. Das Wasser trägt ja. Hört man so eine Inselorgie, von Keith Richards und Mick Jagger veranstaltet, über hunderte Kilometer? Dagegen wären wieder Volksmusik hörende Tschecheranten am Badesee bei Karla und Sigi oder harmlose Motorrad fahrende Kleinkinder am Lago Maggiore, die ja noch nicht so schnell sein können und auch meistens nüchtern sind, ein Honigschlecken.

So eine eigene Insel im pazifischen oder indischen Ozean soll es angeblich schon ab 20 000 Euro geben. So viel hat Elses Swimmingpool auch beinahe gekostet. Fünf Schreibwerkstätten oder zwei Jahresstipendien und ich wäre dabei! Die Frage ist nur, hat man dort wirklich mehr Platz und Ruhe? Und selbst wenn. Allein der Gedanke, dass Mick Jagger ein paar hundert oder tausend Kilometer von meiner Insel auf seiner Insel sitzt, würde mir jede Konzentration rauben, da kann er verhutzelt sein, wie er will. Die Träume der Jugend wird man nie ganz los. Außerdem muss man ja erst einmal hinkommen. Und das ist dann schon ein ernstes Problem, wenn man kein eigenes Flugzeug und keine eigene Yacht hat. Das könnte teuer werden. Aber einmal angenommen, die Flüge würden noch billiger, als sie sowieso schon sind, und die Insel läge nur eine Tagesschiffsreise vom nächsten Flughafen entfernt, und weiter angenommen, man würde sich preiswert ein altes Fischerboot kaufen und damit auf seine 20 000-Euro-Insel fahren, dann bliebe immer noch das Problem mit dem Trinkwasser, dem Strom, dem Essen, dem Haus als solchem (für 20 000 Euro steht bestimmt kein Haus auf der Insel), dem Kühlschrank und und und. Wer so wie ich nicht einmal den Verschluss einer Wasserflasche aufmachen kann, weil er eine Rhizarthrose in der Hand hat, der baut sich kein Haus. Und Bruno, der viel geschickter ist, als er tut, ist zu faul dazu. Er ist ja schon zu faul, hier am Badesee die Fensterrahmen zu streichen, obwohl die das dringend nötig hätten. Außerdem ist ihm langweilig. Er wäre gerne weit weg.

Ich sage oft zu Bruno: Geographin müsste man sein! Franca, die laut Rudi in den nächsten Tagen nach Liberia fliegt, untersucht dort im Rahmen der sogenannten Genderethnogeographie die veränderte Lage der Frau unter Staatspräsidentin Ellen Johnson Sirleaf. Die setzte beim Wiederaufbau des unter Ex-Diktator Charles Taylor und seinen Warlords ausgebluteten Landes vor allem auf die Frauen. Nirgendwo in Afrika ist der Frauenanteil in der Regierung höher als in Liberia, wo auch das Justizministerium und die Polizei von Frauen geführt werden.

In meiner Schulzeit war Geographie das langweiligste Fach. Wir mussten immer nur die Landkarten von Oberösterreich, später von Österreich, dann von Europa, dann von den einzelnen Kontinenten auf Butterpapier abpausen und anschließend aus dem Gedächtnis die wichtigsten Städte und Flüsse eintragen. Das musst du erst einmal zehn Jahre durchstehen, um dann womöglich während des Studiums ohne Butterpapier die ganze Welt aus dem Gedächtnis aufzuzeichnen und nicht nur die wichtigsten Städte, sondern womöglich alle Städte und Flüsse und Meere, bevor du dann möglicherweise ein interessantes Leben als Geographin führen kannst. Die meisten Geographen enden aber als Geographielehrer wieder beim Butterpapier.

Nicht so Franca. Abgesehen davon, dass die Universität in Mailand, an der sie unterrichtet, eine Dependance auf den Malediven unterhält, wo Franca jeden Sommer einen Monat lehrt, sind die Forschungsgebiete für Geographen offenbar beinahe grenzenlos. Franca hat bereits zur Landschaftswahrnehmung vom Rücken der Pferde aus geforscht, zur sogenannten Hard- und Software von Slums oder zu ethnographischen und kulturellen Voraussetzungen verschiedener Naturparkkonzepte, darunter der flächenmäßig kleinste Park im Süden von

Japan, der Keramashotō-Nationalpark, und der erste Meeresschutzpark Frankreichs, der Parc d'Iroise im Finistère. Sie war beinahe überall auf der Welt. Rudi hat sie vor sechsundzwanzig Jahren in Tokio auf einem Kongress zu Sprache und Landschaft kennengelernt, als er dort eine Professur hatte. Ich war damals gerade nach Österreich zurückgekehrt. Die Scheidung reichten wir dann aber erst nach einem Jahr ein, als ich schon in Süditalien wohnte.

Hans und Maria verreisen überhaupt nicht mehr. Aus politischen Gründen.

Wegen der Hungersnöte und Kriege, Genozide, Folterungen und der systematischen Zerstörung natürlicher Lebensräume. Erst neulich, sagte Maria, die seit ihrer Pensionierung als Psychologin unentgeltlich zweimal die Woche im Frauenhaus arbeitet, bei unserem letzten Treffen in ihrem Wochenendhaus in Althofen, habe sie eine Informationsmail von Avaaz bekommen, dass auf den Malediven eine Fünfzehnjährige wegen außerehelichen Geschlechtsverkehrs zum Auspeitschen verurteilt worden sei. Dank unzähliger Unterschriften, die Avaaz sammeln konnte (unter anderem ihrer Unterschrift), sei die Auspeitschung aufgeschoben worden. Maria will auch nicht nach Indien, wo die Frauen reihenweise vergewaltigt und dann womöglich noch von ihrer eigenen Familie wegen der Schande umgebracht werden. Auch nicht nach Pakistan, Syrien, in den Iran oder den Irak, nach Israel oder in die Türkei, Usbekistan oder die Mandschurei, Bangladesch, Nepal oder nach China. Schluss mit dem Reisen, sagen Hans und Maria. Neuseeland war das letzte Land, das sie vor zehn Jahren nach zweiunddreißig Stunden Flug mit einem vor Ort gemieteten Campingbus bereist haben. Weil in Neuseeland weder akute Armut noch Verfolgung herrschte. Nach Amerika wollen die beiden (nicht erst seit Trump) auch nicht. Und in der sogenannten dritten oder vierten Welt gebe es Ballungszentren, sagt Hans, der seinerseits ehrenamtlich Flüchtlinge rechtlich berät, in denen noch viel mehr Menschen als bei uns noch viel dichter gedrängt und wesentlich schlechter versorgt lebten. Außerhalb der Ballungszentren gebe es die weiten, brachliegenden Flächen, die durch Monokulturen oder durch rücksichtslose Schröpfung der Bodenschätze so zerstört würden, dass nichts mehr wachse. In Brasilien beispielsweise, sagt er, würden Schneisen in den Urwald geschlagen, wo in einer Art Konzentrationscamp mit Stacheldraht rundherum Holzkohle für die europäische und amerikanische Stahlindustrie produziert werde. Halb verhungerte Slumbewohner würden mit dem Versprechen auf bezahlte Arbeit auf Lastwagen gekarrt und in die abgelegensten Gegenden verbracht. Die Angehörigen wüssten nicht, wohin ihre Väter, Söhne und Brüder gebracht würden, und selbst wenn sie es wüssten, hätten sie kein Geld, dort hinzureisen und ihre Verwandten zu suchen. Im Konzentrationscamp angelangt arbeiteten die von einem Tag auf den anderen zu Sklaven mutierten ehemaligen Slumbewohner unter den katastrophalsten

Bedingungen. Sie bestückten in der Hitze des geschlägerten Urwalds glühend heiße Lehmöfen mit dem Holz, das dann zu Kohle werden soll. Und zwar ohne Bezahlung. Angeblich, weil zuerst der Transport und die Lebensmittel abgearbeitet werden müssten. Und weil die Fahrt in das Konzentrationscamp so lang gewesen sei und der Mensch, solange er lebe, auch essen müsse, könne er die Kosten in seinem Leben, das unter den katastrophalen Arbeitsbedingungen nur ein paar Jahre dauere, nie abbezahlen. Werde er krank, werde er nicht versorgt, wolle er fliehen, würde er von Wächtern erschossen. Nicht anders in Afrika oder in Indien, wo ganze Familien, einschließlich der Kinder, Ziegel herstellen. Ebenfalls unbezahlt. Man nenne das Schuldknechtschaft. Das gehe in armen Ländern schnell. Eine Dürreperiode, Krankheit oder ein Begräbnis, das nicht bezahlt werden könne, und ganze Familien gerieten in Schuldknechtschaft. Oder Thailand, sagt Maria, wo 12- bis 15-jährige Mädchen aus dem armen Norden den Familien, die sonst nicht überleben könnten, abgekauft würden und dann ohne weitere Bezahlung in Bordellen arbeiteten, wo sie bis zu zwanzig Kunden am Tag bedienen müssten. Wenn sie krank werden, würden sie zu ihren Familien zurückgeschickt, die sie aus Geldmangel nicht behandeln lassen könnten. Es gibt laut Maria heute weltweit ganz gering geschätzt dreißig Millionen Sklaven. Das sei um ein Vielfaches mehr als zu Zeiten der Südstaatensklaverei in Amerika. In Alabama im Jahr 1850 habe ein Sklave umgerechnet 30 000 Euro Anschaffung gekostet und sei deshalb auch in der Regel halbwegs gut ernährt und untergebracht worden, damit seine Arbeitskraft solange wie möglich erhalten bleibe. Seine Anschaffung habe sich erst in zwanzig Jahren amortisiert. Heute koste ein Sklave ungefähr hundert Euro und habe sich in zwei bis drei Jahren amortisiert. Und es gebe ein riesiges Reserveheer an hungernden, mittellosen Menschen.

Bruno und ich waren erschüttert. Nein, auch wir werden niemals nach Indien, Pakistan, Brasilien, Nepal oder Bangladesch, die Hauptländer der Sklaverei fahren. Auch nicht nach Amerika oder China, die neben Indien Hauptinvestoren des sogenannten Land Grabbings sind. Dann doch lieber im österreichischen Paradies bleiben mit seinem Platzmangel und der Lärmbelästigung überall.

Wenn ich aus dem Fenster vor meinem Schreibtisch auf den Badesee schaue, der jetzt – es ist sieben Uhr früh – ganz glatt daliegt, kein Segelboot, kein Elektroboot, nur Frauchen, das seinen Hund namens Antonia vollkommen missversteht, indem es die Kreatur, die panisch hinter ihm herschwimmt, euphorisch für seine Schwimmfreudigkeit lobt (»Braves Hundi Antonia«), und nicht merkt, dass der Hund sein Frauchen bloß vor dem vermeintlichen Ertrinken retten will, dann sage ich: Glück gehabt mit meinem Geburtsland.

Die Buddhisten nennen das Karma, sagt Hans. Nur, dass es halt ein uralter Trick sei, den die neue globale Welt da anwende: Sei froh, dass du nicht verreckst wie die anderen überall sonst. Ganze Gesellschaftssysteme beruhten darauf und niemand denke an den Preis, den wir dafür zahlten. Wir stürben nämlich auch am Unglück anderer, nur dauere das Sterben länger. Zwischen Naturschutz, Tierschutz, Biokost, Katastrophenhilfe, Spendenaktionen, Patenschaften, Unterschriftensammlungen, Hilfsgütersammlungen, Weihnachtspaketen für den Osten usw. hin- und hergerissen, würden wir doch die Schuld nie ganz los, dass unser Wohlstand auf dem Verrecken ganzer Völker beruhe. Das klebe sozusagen an unserem Geld. Wollten wir arbeits-, beziehungs- und genussfähig bleiben, müssten wir das verdrängen. Es komme unweigerlich zu Empathieverlust, der dann letztendlich auch unsere Arbeits-, Beziehungs- und Genussfähigkeit beeinträchtige.

Für den Schriftsteller ist es naturgemäß eine besondere Beeinträchtigung, wenn er nichts mehr fühlt. Von einem Wissenschaftler verlangt das heute niemand mehr, auch nicht beispielsweise von Ärzten oder Managern. Ganz im Gegenteil! Da könnten zu viele Gefühle zu Arbeitsausfällen führen, die sich heute niemand mehr leisten kann. Zum Beispiel bei Wissenschaftlern, die irgendwelche Grundsatzdiskussionen anzetteln wie vor hundert Jahren Clara Immerwahr, die erste promovierte Chemikerin des deutschsprachigen Raumes, die sich 1915 von ihrem Ehemann, einem Chemiker, öffentlich distanzierte, weil er an der Entwicklung und Produktion von Giftgas zu Kriegszwecken beteiligt war, und die sich, als ihr Mann davon unbeeindruckt weitermachte, schließlich vor seinem Haus umbrachte. Wo kämen wir denn hin, wenn sich unsere Chemiker und Physiker reihenweise aus Gewissensgründen umbringen würden. Oder gar die Manager großer Banken, die das Geld ihrer Sparer verzockt haben. Da hätten wir aber bald überhaupt keine Bankmanager mehr und womöglich in der Folge auch keine Banken. Bei Ärzten, die sich pro Patient mehr als zehn Minuten Zeit nehmen, stauen sich die anderen Patienten im Warteraum, sodass die dann womöglich nicht mehr nur zwei Stunden, sondern am Ende vier oder fünf Stunden warten müssen, bis sie behandelt werden. Nicht einmal in den sozialen Berufen darfst du heute mitfühlen, weil dann bist du in kürzester Zeit im Burn-out drinnen oder in einer Depression. Das Zauberwort heißt Abgrenzung. Wer sich heute nicht abgrenzen kann, ist geliefert. Katharina, die sozial und psychisch gestörte Jugendliche betreut, die entweder von zu Hause fortgelaufen sind oder dort rausgeworfen wurden, und folglich zu allen möglichen Mitteln wie Renitenz, Alkohol, Drogen, Selbstverletzung, Suizidversuchen und so weiter greifen, um ihrer Verstörung Ausdruck zu verleihen, muss sich ja selbst irgendwie retten. Supervision ist rar, da besonders im Sozialbereich eisern gespart wird, um nicht irgendwann von irgendeiner amerikanischen Ratingagentur plötzlich wegen des Schuldenbergs abgewertet zu werden und von heute auf morgen wie Spanien oder Griechenland dazustehen, wo dann nicht nur die Supervision, sondern gleich der ganze Sozialbereich eingespart werden muss. Oder die Altenpflegerinnen zum Beispiel. Alten- und Pflegeheime sind grundsätzlich personell unterbesetzt, sodass das dort tätige Personal allein schon physisch überfordert ist. Die meisten Altenpflegerinnen haben aufgrund ihrer Arbeit bereits einen oder oftmals sogar zwei oder mehrere Bandscheibenvorfälle erlitten. Viele zuständige Politiker glauben ja bei diversen Personaleinsparungen anscheinend, dass so alte, bettlägerige Menschen ohnehin kaum mehr etwas wiegen, sodass sie, statt von, wie ursprünglich vorgeschrieben, zwei Pflegerinnen, genauso gut auch von einer Pflegerin allein gewickelt werden könnten. Aber jeder, der einmal einen Angehörigen gewickelt oder auch nur vom Bett in den Rollstuhl gehievt hat, weiß, dass selbst der magerste Bettlägerige meist schwerer ist als der an sich schwerere Gesunde, was daran liegen muss, dass der Bettlägerige sich jeder Bewegung widersetzt, weil er entweder vom vielen Liegen ganz steif geworden ist oder Druckstellen hat, die schmerzen. Oder weil er sich steif macht aus Angst, durch zu hastige Bewegungen verletzt zu werden, was die meisten zuständigen Politiker aber nicht wissen können, weil sie ständig in Personaleinsparungsmaßnahmen politisch unterwegs sind, sodass ihre Frauen die bettlägerigen Angehörigen wickeln oder vom Bett in den Rollstuhl hieven müssen. Wenn also so eine Altenpflegerin mit doppeltem Bandscheibenvorfall anstatt, wie ursprünglich vorgeschrieben, mit einer zweiten Altenpflegerin aufgrund der Personaleinsparungsmaßnahmen ganz alleine bereits dreißig Bettlägerige gewickelt hat und sich im Altenpfleger- und Schwesternzimmern bei einem Kaffee ein paar Minuten lang von der Anstrengung erholen will, und ausgerechnet dann ein pflegebedürftiger Patient Sturm läutet, weil ihm die Fernbedienung des Fernsehers zum x-ten Mal aus der Hand gefallen und unter das Bett gerollt ist, dann wird diese Altenpflegerin kaum über die psychische Situation vollkommener Hilflosigkeit bettlägriger Patienten nachdenken, sondern aufgrund ihrer eigenen psychischen Situation bestenfalls die Fernbedienung unter dem Bett hervorholen und dem Patienten auf die Bettdecke knallen.

Ähnlich ergeht es auch den Lehrern. Da steht beispielsweise ein Haupt- oder Berufsschullehrer alleine seiner überfüllten Klasse von dreißig Pubertierenden gegenüber. Deren einziges Ziel ist es, den Unterricht zu stören, weil sie einerseits nichts Gescheites lernen und andrerseits, selbst wenn sie etwas Gescheites lernen würden, nichts damit anfangen könnten, weil die Chancen, eine Anstellung zu finden, wenn sie ausgelernt haben, sowieso wegen der hohen Jugendarbeitslosigkeit äußerst gering sind. Dazu kommen noch die kulturellen Konflikte wegen der hohen Ausländeranteile gerade in Berufs- und Hauptschulen. Da fühlt sich ein cooler Muslim schnell einmal von einer miniberockten Österreicherin sexuell provoziert oder ein cooler Österreicher von einer kopftuchtragenden Türkin prinzipiell zurückgewiesen. Wenn es dann noch unter den testosterongesteuerten Jugendlichen zur Bildung von Gangs kommt, die sich gegenseitig bekämpfen, kann so ein Berufs- oder Hauptschullehrer schnell einmal zwischen die Fronten geraten. Oder andersherum, was jetzt gruppendynamisch an sich gar nicht so schlecht, für den Lehrer hingegen katastrophal wäre, zum gemeinsamen Opfer werden. Und zu all dem kommen dann für den sowieso schon gestressten Berufs- oder Hauptschullehrer noch jede Menge Beschwerden von Eltern hinzu, die, je nach kultureller Zugehörigkeit, Diskriminierung der vorwiegend muslimisch geprägten oder Benachteiligung der österreichischen Jugendlichen unterstellen. Am schlimmsten sollen die Malerklassen in den Berufsschulen sein, wo es schon einmal zu Messerstechereien oder Gruppenvergewaltigungen kommen kann. Wenn der Berufs- oder Hauptschullehrer unter diesen Umständen ein halbwegs ausgeglichenes Privatleben führen will, womöglich mit Familie oder auch mit Hobbys wie Fischen, Lesen oder Musikhören, muss er naturgemäß spätestens bei Verlassen der Berufs- oder Hauptschule, am besten aber an sich, jede Beschäftigung mit den beruflichen und privaten Problemen seiner Schüler, seien es jetzt die ausländischen oder die einheimischen, unterlassen. Die Eltern der ausländischen oder österreichischen Jugendlichen übrigens auch, wenn sie funktionstüchtig, das heißt arbeitsfähig, bleiben wollen. Und schon sind wir wieder beim Thema Empathieverlust und der daraus resultierenden weiteren Verrohung der Gesellschaft.

Der Schriftsteller, der dieser Verrohung durch genaue Beobachtung der Gesellschaft entgegenwirken könnte, ist oft gerade durch die genaue Beobachtung dermaßen erschüttert, dass er, will er ein halbwegs ausgeglichenes Privatleben führen, womöglich mit Familie oder mit Hobbys wie Fischen, Lesen oder Musikhören, nicht mehr in der Lage ist, seine genauen Beobachtungen in Literatur umzusetzen. Da werden jetzt viele Menschen sagen, dann soll der Schriftsteller halt, wie der Pfarrer auch, ehe- und bindungslos bleiben, und auf ein ausgeglichenes Privatleben verzichten, damit er seine Erschütterung nicht verdrängen muss, sondern anderen mitteilen kann. Der Pfarrer soll ja auch private Probleme meiden, um besser für die Allgemeinheit zur Verfügung stehen zu können. Nun hat sich aber im Laufe der Jahrhunderte erwiesen, dass auch dieses Konzept nicht funktioniert. Der Pfarrer, der persönliche Probleme meidet, versteht entweder die Probleme der anderen mit der Zeit nicht mehr oder er neigt aus lauter Vermeidung persönlicher Probleme, die durch Ehe und andere Bindungen entstehen könnten, zum Zeugen von unehelichen, vaterlosen Kindern und macht somit den von ihm geschwängerten Frauen Probleme. Oder er ist sowieso bindungslos, schwul oder neigt zum Missbrauch von Kindern, was ebenfalls, wenn nichts auffliegt, ihm persönlich keine Probleme machen würde, sondern seinem schwulen Partner oder den missbrauchten Kindern. Die Schriftsteller und Künstler, die jahrhundertelang ähnlich vorgegangen sind, nennt man Genies. Und Genies sind in der Regel bindungsunfähig, weil sie ihre Oma für ein gutes Bild verheizen oder ihre kinderreiche Familie verlassen, um ihre unsterblichen Werke verfassen zu können.

Aber lassen wir jetzt einmal die Genies beiseite und betrachten wir die Situation des Schriftstellers an sich. Familie kostet Geld, das verdient werden muss. Und als ob das alleine nicht schon ausreichen würde, dem Schriftsteller die Hälfte seiner Ideen und Gedanken auszutreiben – das verkauft sich nicht! –, steht er andrerseits im Literaturbetrieb heute dermaßen unter ständigem Produktionsdruck, dass es mehr darauf ankommt, irgendetwas zu schreiben, als nachzudenken und die Gesellschaft und sich selbst zu beobachten. Denn wer nicht ständig produziert, fällt schnell aus dem Literaturbetrieb hinaus. Und aus dem Literaturbetrieb hinausfallen bedeutet weniger Auflage, weniger Rezensionen, weniger Leser, weniger Geld. Thematisiert er das, heißt es, der Schriftsteller soll nicht so wehleidig sein, da er sowieso das Privileg hat, sein Hobby zu seinem Beruf machen zu können. Andrerseits, wenn er mit dem Schreiben kein Geld mehr verdient, ist der Beruf kein Beruf mehr, sondern nur mehr ein Hobby. Und wer seine eigene Situation nicht mehr thematisieren darf, weil er sonst als wehleidig gilt, der kann auch die Situation anderer nicht mehr thematisieren. Es hängt eben immer alles zusammen. Entweder man fühlt etwas oder man fühlt nichts. Es ist in unserer Gesellschaft aus bereits angeführten Gründen allemal besser, nichts zu fühlen, weil Fühlen nur zu unnötigem Stress und Hilflosigkeit führt und nichts nützt. Die sogenannte Wehleidigkeit ist ohnehin das No-Go schlechthin geworden. Die Lehrer, die Schriftsteller, die in sozialen Berufen Tätigen, die Pensionisten, die Kranken, die Alten, die Jugendlichen, die Kinder, die Eltern, die In- und Ausländer sollen alle nicht so wehleidig sein, sondern dankbar, dass sie nicht verrecken wie die Völker außerhalb unseres Paradieses.

Jetzt ist aber ausgerechnet das Fühlen und das Mitleiden recht eigentlich das Metier des Schriftstellers. Und das Ausdrücken desselben natürlich. Denken können andere auch. Und selbst wenn man sagen würde, was in unserer Gesellschaft sowieso niemand tut, dass der fühlende Denkende, in welchem Beruf auch immer, der bessere, weil umfassendere, differenziertere, mutigere Denker ist, kommt das Fühlen doch in den meisten Berufen nur hinzu, während es für den Schriftsteller die Grundvoraussetzung schlechthin ist. Denn: Welche Funktion sollte ein Schriftsteller sonst haben? Alles andere wäre ja doch nur Papier. Wenn aber nun der Schriftsteller, so wie alle anderen auch, aus Selbstschutz gefühllos wird, worüber soll er dann schreiben? Über seine Gefühllosigkeit jedenfalls nicht, weil das wäre wehleidig. Und da bietet sich als Ausweg nur der Krimi an, weil der Krimiautor ja nicht mit jedem Ermordeten und schon gar nicht mit jedem Mörder weiß Gott wie mitfühlen kann, sondern, im Gegenteil, den Mord möglichst brutal schildern soll. Dazu kommen bei den Krimis die Kommissare oder die Kommissarinnen, die ohne jede Wehleidigkeit ihre privaten Probleme verdrängen, um den seinerseits seine Probleme verdrängenden Mörder finden zu können. Viele Kommissare oder Kommissarinnen in den Krimis leben ja sowieso bindungslos wie die Pfarrer und die Genies, um sich besser rund um die Uhr auf die Mörderjagd konzentrieren zu können. Da jeder Mord aber auf der Unfähigkeit des Mörders beruhen muss, mit seinem Opfer mitfühlen zu können, weil er es ja sonst gar nicht ermorden könnte, und jeder Kommissar der gleichen Struktur folgt, weswegen er sich ja auch so gut in den Mörder hineinversetzen kann, dass er ihn schließlich überführt, ist der Kriminalroman heute die einzig adäquate Literaturgattung. Und der Krimischriftsteller wiederum folgt ebenfalls der gleichen Struktur, um damit Geld zu verdienen.

Eine andere Möglichkeit wäre, der Schriftsteller würde erst gar kein Schriftsteller werden, sondern beispielsweise Arzt oder Rechtsanwalt, und schriebe dann ohne jeden Zwang, um im Literaturbetrieb oder vor seiner Familie bestehen zu können, seine Werke, die er aus dem reichen Schatz seiner Erfahrungen als Arzt oder Rechtsanwalt schöpfte. Aber falsch kalkuliert! Ein Arzt oder Rechtsanwalt, der Familie hat, hat ja gar keine Zeit, sich dann abends oder am Wochenende noch hinzusetzen und seine Romane zu schreiben. Da kommen von Seiten der Familie Anforderungen noch und noch auf ihn zu: Ausflüge, Reparaturen im Haushalt, aufwendige Urlaubspläne und so weiter und so fort. Da müsste er ja gleich so wie das Genie seine Familie vollkommen vernachlässigen oder gar verlassen, um abends oder am Wochenende in Ruhe schreiben zu können. Und selbst das würde nicht genügen. Denn sein einziger Wert für die Familie, auch wenn er sie vernachlässigt oder verlässt, besteht ja darin, dass er das Geld zum Leben heranschafft. Dazu ist er, ob verheiratet oder nicht, rechtlich verpflichtet. Und wenn er nun das Geld heranschaffen und abends und am Wochenende schriftstellerisch arbeiten will, dann kann er sich nicht auch noch ausführlich mit seinen Patienten bzw. Klienten beschäftigen. Erstens würde er dann zu wenig verdienen und zweitens hätte er vermutlich gar nicht die Nerven dazu. Aber wenn er sich nun weder mit seiner Familie noch mit seinen Patienten bzw. Klienten auseinandersetzt, worüber will er dann schreiben? Es fehlt ihm ja dann jede emotionale Auseinandersetzung mit der Welt. Also wird er einen Krimi verfassen wie alle anderen auch. Bleiben nur die vollkommen empathielosen, verrohten Genies übrig. Und die ganz jungen Schriftsteller, die weder Familie haben noch Geld für Zahnersatz oder orthopädisches Schuhwerk brauchen, dafür aber eine beträchtliche Wut haben, sofern ihnen, was in der Jugend heute aber leider meistens der Fall ist, die Gefühle noch nicht ausgetrieben wurden. Und das ist dann auch wieder so ein Problem. Erstens finden die meisten jungen wütenden Schriftsteller gar keinen Verlag, weil es viel weniger Verlage gibt als junge wütende Schriftsteller. Zweitens haben die wenigen Verlage Angst, dass sie mit der Wut der jungen Schriftsteller ihre Leser, die in der Regel nicht die ganz jungen Menschen, sondern die Menschen über dreißig Jahre sind, die bereits Familie haben und denen allein deshalb die Wut längst ausgetrieben wurde, abschrecken. In wenigen Fällen riskiert ein Verlag die eventuell abschreckende Wirkung junger Schriftsteller, weil die Gesellschaft auch immer wieder einmal schockiert oder aufgerüttelt werden will und verlegt das Werk eines jungen wütenden Schriftstellers. Meistens geht es schief, manchmal reicht es für eine gewisse Aufmerksamkeit des Literaturbetriebs und in ganz wenigen Fällen schafft es der junge Schriftsteller bis in die großen Zeitungen oder gar in die Talkshows. In die Talkshows natürlich nur, wenn das Äußere stimmt, der Schriftsteller nicht zu leise spricht oder stottert und sich fernsehgerecht ausdrücken kann. Das ist neuerdings mehr bei den jungen Schriftstellerinnen als bei den jungen Schriftstellern der Fall. Naturgemäß stellt sich nach zwei oder drei Talkshows heraus, dass sich die Wut der jungen Schriftstellerin mit steigendem Ruhm erschöpft oder dass sie, wenn sie sich nicht erschöpft, nach zwei oder drei Talkshows lästig wird. In der Regel verschwinden deshalb junge Schriftstellerinnen schnell wieder aus den Talkshows und dann aus den großen Zeitungen und dann aus den Verlagen. Sie werden ja mit der Zeit alle älter und haben dann die gleichen Probleme wie alle anderen Schriftsteller auch.

Sigi hat sich, wie erwähnt, ganz auf das Schreiben von Kurzgeschichten verlegt. Erstens, weil er für dicke Romane gar keine Zeit hätte und zweitens, weil es seinem Temperament entspricht. Sigi ist direkt, kompromisslos und ungeduldig. Er hat hier am Badesee eine wunderbare Kurzgeschichte über eine Gruppe von Männern geschrieben, die auf einen Berg klettert, auf dem es in einer Hütte eine geheimnisvolle Speise namens Gulasch Nr. 3 gibt. Das Rezept ist so geheim, dass niemand über die Zutaten Bescheid weiß. Nicht einmal über die Herkunft des Fleisches. In der Umgebung wird gemunkelt, dass immer wieder Kinder spurlos verschwinden. Die Männer klettern euphorisch und abenteuerlustig auf den Berg und steigen nach dem Genuss der Speise in sich gekehrt und mürrisch wieder ab. Niemand schaut dem anderen in die Augen.

Karla ist Bloggerin. Hauptsächlich über Speisen, Märkte, Gärten, Kunst und Theater. Sie besucht Märkte auf der ganzen Welt und fotografiert und bespricht sie. Ebenso Ausstellungen und Theateraufführungen. Sie sammelt vor allem asiatische Rezepte und veröffentlicht sie. Auch ihre eigenen Rezepte. Im Garten am Badesee pflanzt sie alte Sorten von Blumen und Obst. Neulich hat sie einen Kimono-Kurs besucht und in reiner Handarbeit einen wunderschönen orangeroten Kimono mit lila Obi-Gürtel hergestellt.

Willi hat viele dicke dokumentarische Romane und einige ebenso dicke fiktionale Romane geschrieben. Mit einer Ausnahme ohne großen Erfolg. Jetzt ist er auch schon vierundsechzig Jahre alt und hat eine Holztreppe mit Geländer von der Wohnung in die Garage hinunter gebaut. Er sagt, es sei endlich einmal eine sinnvolle, von seiner Familie auch noch hoch gelobte Tätigkeit gewesen.

Hans kämpft zur Zeit mit einem Roman über Marc Aurel, dem philosophischen Kaiser, der seine letzten zehn Jahre in Feldlagern zugebracht hat, wo er auch die *Selbstbetrachtungen* schrieb. In seinem Kopf, sagt Hans, sitze ein Zweifler, der ihn zur absoluten Beweisführung seiner Sicht auf Marc Aurel zwingen will. Aber, meint Hans, es gibt den absoluten Beweis ja nicht. Hans gehört zu den Autoren, die auch schreiben, wenn sie keine Ahnung haben, wer das einmal drucken soll. Zum Ausgleich dafür schreibt er nicht mehr als höchstens zwei Stunden am Tag.

Rudi noch weniger. Er hat sich, wie bereits mehrmals erwähnt, ganz auf Haikus verlegt. Die schreibt er nur, wenn sonst gar nichts los ist im Schloss. Allerdings schreibt er auf WhatsApp täglich, fast könnte man meinen ununterbrochen, sehr lustige Kommentare zu wirklich allem, was ihm in Schloss und Park, in der Politik, im Fernsehen und Zeitung und Sport begegnet.

Franca hat trotz ihrer Diabetes, dem Unterrichten, Dissertationen betreuen und den anstrengenden Reisen ein sensationelles Buch geschrieben. Leider gibt es das Buch bis jetzt nur auf Englisch in einem berühmten Wissenschaftsverlag. Jemand müsste es unbedingt ins Deutsche übersetzen und populärer verlegen. Es geht ums Verirren: *Geography of disorientation*.

Josefine ist die große Ausnahme unter den Schriftstellern um die Sechzig. Obwohl sie anspruchsvolle Bücher schreibt, die nicht immer leicht zu lesen sind, hat sie hohe Auflagen. Ich weiß nicht, woran das liegt. Die Kritik lobt ihre Obsession für Peripheres und Triviales, ihre den banalsten Alltagskram ins Unwirkliche übersteigernden Beschreibungsorgien, bescheinigt ihren Geschichten sperrigen, bizarren Reiz. Und es ist wahr. Den haben sie alle.

Ich habe bis jetzt autobiographisch geschrieben. Das war noch einfach, so lange es meine Kindheit und Jugend betraf. Eltern kann, darf und soll man alles zumuten, weil sie es ja schließlich waren, die uns ungefragt in diese Welt gesetzt haben. Das gilt aber nicht für die eigenen Kinder, die wir selbst ungefragt in die Welt gesetzt haben, und es gilt auch nicht für Freunde und Bekannte. Die können nichts für unser Leben und schätzen es in der Regel keinesfalls, wenn man über sie schreibt. Ich könnte da Beispiele noch und noch nennen. Zum Beispiel wurde ich 2012 von einer österreichischen Zeitung aufgefordert, etwas über den Weltuntergang zu schreiben, der für den 22.12.2012 vorausgesagt wurde (Maya-Kalender?); ich habe am 22.12. Geburtstag. Also habe ich darüber geschrieben, was ich mir alles ersparen würde, wenn die Welt wirklich am 22.12. unterginge: Meine Geburtstagsfeier, die Weihnachtsfeier 2012 und dann noch die jährliche Silvesterfeier auf der Alm von Karla und Sigi, wo die Betten zu weich, das Lammfell zu rutschig und die Zimmer zu staubig sind. Ich hatte völlig vergessen, dass, was in der Zeitung steht, auch gelesen wird. Zum Beispiel von Karla und Sigi. Karla schrieb mir daraufhin eine Mail, dass ich sehr gerne neue Betten und andere Felle für die Betten kaufen könne, wenn mir ihre Betten zu unbequem seien. Und Staubwischen könne ich selbstverständlich auch. Ich wusste zuerst gar nicht, wie sie plötzlich darauf kommt. Dann erst fiel mir der Artikel ein. Sehr peinlich!

Ein anderes Beispiel, wie Literatur wirken kann, wenn der Schriftsteller nicht bedenkt, dass Leser ihn lesen, ist, wie sich ein verheirateter österreichischer Kleinverleger mit der Identität eines seiner Autoren ausstattete, um eine Freundin von mir anzubaggern. Ich fand das so lustig, dass ich es in einem Artikel über seltsame Beziehungsgeflechte beschrieb. Selbstverständlich ohne Namen zu nennen. Trotzdem: Die Beteiligten erkannten sich selbst, die Sache flog auf, der Verleger, seine Frau und meine Freundin waren stocksauer auf mich.

Allerdings kam es auch andersherum zu Missverständnissen. Es haben mich schon Menschen angerufen, die sich von mir beschrieben fühlten, ohne dass ich sie überhaupt kannte.

Bruno hat sich eigentlich noch nie beschwert. Im Gegenteil! Er fordert mich ununterbrochen auf, Negatives über ihn zu schreiben. Kaum sieht Bruno, dass ich nicht schreibe, fordert er mich schon dazu auf. Entweder weil er befürchtet, dass ich sonst in Depressionen verfalle oder weil er an sein leeres Bankkonto denkt.

Bruno denkt vielleicht, ich würde einmal einen richtigen Bestseller schreiben, wir wären dann auf einen Schlag saniert und er könnte endlich einen Elektromotor für das Faltboot kaufen, damit wir bis ins hohe Alter paddeln und, sollte uns einmal die Kraft ausgehen, dann eben auch mit Motor weiterfahren können. Der Elektromotor kostet mindestens fünftausend Euro. Wenn dir nichts einfällt, sagt Bruno, kannst du ja über mich schreiben. Schreibe ruhig etwas Negatives, das macht mir gar nichts aus. Und wenn ich dann tatsächlich etwas Negatives über ihn schreibe, freut er sich. Er liegt am Badesee im Nebenzimmer und liest heimlich die Texte, die ich zur Sicherheit an ihn maile, falls mein Computer wieder abstürzt, obwohl er mir vorher versprochen hat, den Text, den ich ihm zur Sicherheit maile, nicht zu lesen. Wenn Bruno im Nebenzimmer besonders laut lacht, weiß ich, dass er etwas Negatives über sich selbst gelesen hat. Ich habe mich naturgemäß schon oft gefragt, was die tieferen Gründe dafür sind. Da gibt es meiner Meinung nach nur zwei Möglichkeiten: Schuldgefühle oder Masochismus. Beides läuft womöglich sogar letzten Endes aufs Gleiche hinaus. Es könnte nämlich sein, dass Bruno mich zwar bewusst tatsächlich vor Depressionen bewahren möchte, wenn er mich auffordert, etwas Negatives über ihn zu schreiben, dass er mich aber unterbewusst, wenn nicht gar unbewusst bloß deshalb dazu auffordert, weil er, ebenfalls unter- oder unbewusst, auf den Bestseller hofft, der ihn dann aus seiner Finanzmisere rettet. Wofür er sich aber schämt, weshalb er beim Lesen eines Textes über seine negativen Eigenschaften Erleichterung verspürt. Gleichzeitig hofft er mit der Schilderung seiner negativen Seiten zum Bestseller beizutragen, was einerseits seine Rolle bei der Verfertigung eines Bestsellers festschreibt und zwar umso mehr, je mehr man ihn mit seinen negativen Seiten im zukünftigen Bestseller erkennt. Andrerseits schämt er sich wahrscheinlich unter- oder unbewusst für die Geltungssucht, die ihn denken lässt, dass ich anhand seiner negativen Eigenschaften und nicht aufgrund meines Schreibtalentes einen Bestseller landen könnte. Darüber hinaus schämt er sich vermutlich gleichzeitig entweder seiner negativen Eigenschaften wegen oder hofft, dass mir gar keine negativen Eigenschaften einfallen, was ihn aber wiederum wegen seiner inneren, sehr versteckten Geltungssucht fürchten ließe, dass mir dann niemals ein Bestseller gelingen würde. Anders kann ich mir nicht vorstellen, wieso Bruno sich so freut, über seine negativen Eigenschaften zu lesen. Abgesehen davon, dass ich natürlich nicht nur über Brunos negative, sondern sogar vorwiegend über Brunos positive Eigenschaften schreibe. Sozusagen negativ getarnt.

Die Hitzewelle hat uns endlich erreicht. Über dreißig Grad im Schatten. Gerade recht für mich, ich schreibe gerne bei Hitze. Dazwischen gehe ich schwimmen oder paddeln. Mit Bruno. Der sich aber immer mehr ziert. Er liegt meistens auf dem Bett, Ohropax in den Ohren und liest in meinen Texten. Mehrere Familien mit Kleinkindern sind eingetroffen und alle tummeln sich im See. Links von unserem Häuschen befindet sich das öffentliche Bad mit Kantine. Da legen Boote bereits am Vormittag zu einem Frühschoppen an. Spätestens nachmittags sind alle betrunken. Ich kann von meinem Schreibplatz aus beobachten, wie Kanuten nach vermutlich einigen Bieren beim Einsteigen ins Kanu umkippen. Dann gibt es natürlich ein lautes Hallo. Dazu kommen im Laufe des Tages die Tretboote (das sind meistens Familien, Vati tritt), die Ruderboote und die Elektroboote. Man hört die Besatzungen von der Mitte des Sees an lachen. Beim Aussteigen steigt der Lärmpegel noch einmal gewaltig an, weil man Oma oder Tante aus dem Boot herausziehen muss oder der Onkel schon ein bisschen zu viele Manöverschlucke hinter sich hat und zum Beispiel ins Boot zurückpoltert. Das alles natürlich begleitet vom dröhnenden Lachen gestandener Mannsbilder und dem durchdringenden Kreischen ihrer Frauen. Der Höhepunkt menschlicher Lachsalven, was einerseits die Lautstärke, andrerseits die Ausdauer angeht, kommt aber eindeutig von der Wirtin der Kantine, was ein gewisses Problem für meine Konzentration darstellt, weil sie ja immer da ist und ich nie weiß, wann sie wieder loslegt. Am Samstag und Sonntag ist am ganzen See naturgemäß am meisten los. Besonders wenn das Wetter gut ist. Da kann man vom Gewerkschaftsheim schon um drei Uhr nachmittags »Ein Prosit der Gemütlichkeit« hören, vom Ruderclub weiter vorne unter Umständen ein kräftiges »Hipp, hipp, hurra«, von der Kantine Schlagermusik und, wenn man Pech hat, vom Naturbad noch weiter links Blasmusik. Dazwischen natürlich das Kreischen der Kinder, das schrille Lachen der Frauen, das dröhnende Lachen der Männer und die Lachsalven der Wirtin. Nachts veranstalten dann die mondäneren Badeorte auf der gegenüberliegenden Seite des Sees bei schönem Wetter auch gerne laute Sommerfeste mit Discomusik. Man glaubt ja nicht, wie das Wasser trägt. Da hörst du den Discjockey, als stünde er vor deinem Bett. Viele Badende, die sich dessen nicht bewusst sind, besonders zu zweit schwimmende Frauen, erörtern ihre Eheprobleme oder lästern über anscheinend nicht anwesende Freundinnen, was du, an deinem Schreibtisch sitzend, Wort für Wort verstehst. Dazu kommen dann noch die Radfahrer und die Nordic Walker. Und Sigi und Karla, die täglich entweder die Häuser, den Zaun oder die Boote reparieren (Sigi) oder den Garten beschneiden, frische Erde aufwerfen, Blumen und Gemüse pflanzen und gießen (Karla).

Ich fürchte, Bruno wird nicht mehr lange am Badesee bleiben. Er wird bald zurück nach Linz fahren und sich in seiner Bibliothek auf das Bett hinter dem Schrank legen. Das wird ihm aber nichts nützen. Er wird wegen meiner Abwesenheit und der Abwesenheit der Katzen sowie dem Chaos hinter dem Schrank keinen Moment Ruhe finden. Genau wie Rudi in seinem kleinen Verschlag im vollgeräumten Schloss oder Hans, schweißgebadet im Bett unter dem Dach seines Landhäuschens.

Tatsächlich ist es so, dass, wer seine Ruhe haben will,

nicht Anstrengungen meiden, sondern im Gegenteil immer größere Anstrengungen auf sich nehmen muss.

Josefine aus Salzburg, die gerne an Kreuzfahrten oder Safaris teilnimmt, hat mir nachts am Telefon folgende Geschichte erzählt: Sie wurde von einem alten Bekannten, Gerfried, den Namen habe ich mir gemerkt, ehemaliger Rechtsanwalt und Notar, bereits in Pension, sehr betucht, als Geschenk zu ihrem sechzigsten Geburtstag am 19. Juli zu einem Segeltörn in Kroatien eingeladen. Sie fliegt also nach Split, wird von ihrem Bekannten (sehr galant mit sechzig Rosen) vom Flughafen abgeholt und zur Yacht gebracht. Bereits als sie diese betritt, sieht sie, wie der Skipper, ein alter gemeinsamer Bekannter Gerfrieds und Josefines, mit dem sie sogar schon einmal in Wien getanzt hat, sein Bein auflädt. Das heißt seine Prothese, falls man diese elektronischen Körperersatzteile überhaupt noch Prothesen nennt. Sie müssen jedenfalls fantastisch sein, wenn nicht einmal beim Tanzen auffällt, dass ein Bein künstlich ist. Der Dritte im Bunde der eingeschworenen Seglergemeinschaft, ein ansonsten rüstiger Vierundsiebzigjähriger, stellt sich gleich nach der Ankunft meiner Freundin als Diabetiker heraus, der seinen Insulinvorrat zu Hause vergessen hat. Da Josefine beinahe alles erreicht, was sie sich vornimmt, erklärt sie sich bereit, Insulin zu beschaffen, was ihren Schilderungen nach erst in der vierten Apotheke mit viel Charme und der Vorlage ihrer Bäderoasen-Card, auf der zwei Menschen im Hallenbad zu sehen sind, weshalb sie die Karte als Arztausweis ausgibt, gelungen ist. Als sie endlich – es dämmert bereits – zur Yacht zurückkommt, herrscht Festbeleuchtung an Deck, die österreichische Fahne ist gehisst, Champagner und Kaviar sind kaltgestellt, aus dem Bordlautsprecher dröhnt »Happy Birthday«. Josefine zieht sich noch schnell ihr weißes Abendkleid an – sie liebt weiße Kleidung – und geht an Deck. Am Hafen haben sich bereits einige Zuschauer versammelt, die von Zeit zu Zeit etwas heraufrufen, was meine Freundin nicht versteht. Am Bug der Yacht lehnt ein großer Kranz mit einer Schleife des k. u. k. Marineverbandes. Sie erfährt, dass der Törn noch in der Nacht startet, weil man am nächsten Mittag in Vis den Kranz zum Gedenken an die Gefallenen der siegreichen Seeschlacht von Lissa niederlegen will. Meine Freundin denkt sich nicht viel dabei, der Champagner fließt in Strömen, das Elektrobein des Kollegen ihres alten Bekannten ist aufgeladen, es wird getanzt, die Stimmung an Bord ist auf dem Höhepunkt, als ein Lüftchen aufkommt, das stetig zunimmt. Dessen ungeachtet läuft die Yacht gegen elf Uhr nachts, teils unter dem Jubel, teils unter Buhrufen der am Hafen zurückbleibenden Bevölkerung, aus. Bereits um Mitternacht, die vier Besatzungsmitglieder der Yacht feiern noch den Geburtstag meiner Freundin, kommt ein Sturm auf. Gerfried holt bei hohem Wellengang die Segel ein, wobei ihm der Wind und das Wasser die Brille von der Nase reißen, sodass sie im Meer versinkt. Der Skipper mit dem Elektrobein steht am Steuer. Der dritte Segelkamerad verfolgt den Kurs am Plotter. Der Sturm wird heftiger, die Yacht fährt längst mit Motor. Irgendwann fällt die Bordelektronik aus, sodass der Kurs nicht mehr auf dem Plotter verfolgt werden kann. Der Skipper müsste zur manuellen Kursberechnung unter Deck gehen, kann das Steuer aber nicht an Gerfried übergeben, da der extrem kurzsichtig ist und ohne Brille nichts sieht. Der dritte Seglerkamerad hat vor Aufregung Unterzucker und ist sowohl in seinen Bewegungen als auch in seinen Reaktionen extrem verlangsamt. Er kann sich nicht erinnern, wo er sein Insulin aufbewahrt hat. Meine Freundin gibt ihm einen Apfel. Gerfried, der vor einigen Jahrzehnten seinen Segelschein gemacht hat, versucht unten in der Pantry den Kurs zu bestimmen, was ihm nicht gelingt. Die Befürchtung, im Kreis zu fahren, steht im Raum. Das ist aber laut Skipper nicht weiter tragisch, weil ein modernes Schiff nicht untergehen und man also notfalls stundenlang im Kreis fahren kann, bis der Sturm sich beruhigt oder der Morgen anbricht und man wieder etwas sieht. Da kündigt ein ununterbrochenes Piepsen den Akkuleerstand seines Elektrobeines an, das er aber wegen des Ausfalls der Bordelektronik nicht aufladen kann. Er nimmt also das Elektrobein, das ohne Akku jede Beweglichkeit verhindert, ab und versucht das Schiff auf einem Bein durch den Sturm zu steuern. Was aber wegen zu großer Instabilität nicht möglich ist. Eine Zeit lang hält meine Freundin den Skipper, der nun liegend zu steuern versucht, an seinem einen Bein fest, während ihr alter Bekannter unten in der Pantry immer noch rechnet. Der Diabetiker schaut apathisch zu. Nachdem der Skipper schließlich zweimal bei besonders hohen Wellen fast ins Meer gerutscht wäre, übernimmt Josefine, die noch nie aktiv gesegelt ist, das Steuer. Sie muss in ihrem langen weißen Kleid wie eine Windbraut an Bord gestanden haben, das Steuer fest in den Händen, während unten in der Pantry die zwei alten Segelkameraden die Lage diskutierten und der dritte ins Koma fiel. Es sei dann aber alles noch gut ausgegangen. Der Sturm habe sich in den frühen Morgenstunden beruhigt, Gerfried habe die Bordelektronik repariert, der Skipper sein Bein aufgeladen und das Steuer wieder übernommen, sie habe das Insulin gefunden und dem Diabetiker gespritzt, und schließlich seien sie sogar noch rechtzeitig um zwölf Uhr Mittag auf Vis eingetroffen, um den Kranz niederzulegen.

Ja, da gibt es einige Missgeschicke auf der Suche nach Ruhe und Platz. Katharina wollte – ohne Willi natürlich – mit dem Fahrrad durch die Einsamkeit norwegischer Wälder radeln. Durch irgendeinen dummen Zufall, wie er jedem passieren kann, stürzt sie und verletzt sich die Schulter. Weil sie wirklich topfit ist, fährt sie aber mit dem Fahrrad weiter bis zu einer Bahnstation, fährt mit der Bahn zum Flughafen, fliegt zurück nach Österreich, geht ins Krankenhaus und wird an der Schulter operiert. Die Operation gelingt, aber nach vier Tagen schwellen die Schulter und der ganze Arm an und die eigentlich schon fast verheilte Operationswunde beginnt zu eitern. Der Grund: Sie hat sich einen Krankenhausvirus eingefangen. Die Behandlung dauert Wochen, anschließend muss sie in die Reha.

Da kann man dann diejenigen wieder verstehen, die sich nicht wegbewegen wollen. Die Stubenhocker, die Daheim-Kreuzworträtsel-Löser, die Fernseher auf eigener Couch. Obwohl: Die meisten Unfälle passieren, wie jeder weiß, gerade im Haushalt. Da hängt Mutti, die nie im Leben eine Segelyacht betreten würde, die frisch gewaschenen und wegen des Pfeifenqualms von Papa mit Backpulver gebleichten Stores auf, fällt von der Leiter und bricht sich ebenfalls die Schulter. Oder Oma, die seit dreißig Jahren keine Leiter mehr bestiegen hat, geht mit einem nassen Lappen an die Reinigung alter Glühbirnen am Esszimmerluster, und schon hat sie einen gewaltigen Schlag bekommen. Oder Vati lehnt die Leiter an den Kirschbaum, steigt hinauf, die Leiter kippt und Vati ist querschnittsgelähmt. Wenn nicht gleich tot wie jedes Jahr zur Erntezeit der Kirschen etliche Österreicher. Da hätte er genauso gut gleich den Mount Everest besteigen können. Mehr als querschnittsgelähmt oder tot geht schließlich nicht. Gut, Vati hätte das Geld dazu nicht gehabt, weil, so wie die Motor- und Segelyachtbesitzer horrende Summen nicht nur für ihre Motor- und Segelyachten, sondern in Folge für den Diesel ihrer 3 000 PS-Motoren zahlen, so zahlt auch der Besteiger des Mount Everest horrende Summen. Und zwar umso horrendere, je ungeübter und älter er ist. Denn an so einer Mount-Everest-Besteigung hängen ja Einreisegebühren nach Nepal, Expeditionsgebühren, Bergbesteigungsgebühren und so weiter. Auch die Sherpas und der gerade für den älteren Menschen unumgängliche Einzelbergführer müssen bezahlt werden. Dazu kommen die Ausrüstung, die Verpflegung und die Flugreise.

Jetzt ist das dem einzelnen betuchten Pensionisten und alten Bergsteiger unter Umständen egal. Er will genau dorthin, wo niemand oder fast niemand hinkommt. Er will die Weite des Himalaya-Massivs überschauen, die endlosen Schneefelder, die Gipfel, die sich nur so aneinanderreihen, bis sie in der Ferne hellblau verschwimmen. Er will die absolute Stille in 8 848 Meter Höhe genießen. Da wird er aber herb enttäuscht werden. Bereits die Strapazen des Anmarsches von Lukla, dem nächstgelegenen Flughafen, den man von Katmandu aus mit kleinen Maschinen erreichen kann, bis zum ersten Basislager in 5 400 Meter Höhe zu Füßen des Mount Everest bringen ihn wahrscheinlich an den Rand seiner Kräfte. Obwohl sein Gepäck von Yaks getragen wird, kann ihm kein Sherpa oder Bergführer die Nächte in engen Massenlagern bei beißendem Rauch der Feuerstelle mitten im Schlafraum, auf der die ihm höchst suspekt erscheinende Nahrung gekocht wurde, die schließlich auch den fürchterlichen Durchfall der folgenden Tage ausgelöst haben wird, abnehmen. Viele zahlende Millionäre, die auch einmal den Mount Everest besteigen wollen, nachdem es 2013 gelungen ist, einen achtzigjährigen Japaner auf den Gipfel des Everest zu führen, müssen schon vor dem ersten Basislager wieder umdrehen. Diejenigen, die das Basislager trotz allem schließlich erreichen, werden statt der stillen Schönheit einsamer Berggipfel einen Schotterhaufen unter steilen Felswänden vorfinden, auf dem sich unzählige Bergsteiger, Touristen, Sherpas, Yaks, Esel und so weiter tummeln. Überall stehen kleine bunte Zelte herum, etwas abseits davon liegt Abfall.

In so einem Basislager ist die Hölle los. Da herrscht Konkurrenz zwischen den Bergsteigern, welche Gruppe zuerst losziehen darf, sobald das Wetter es erlaubt, Streit zwischen den Bergführern, die einander gegenseitig Dilettantismus vorwerfen, Streit zwischen bezahlenden Touristen und Bergführern, denen die bezahlenden Touristen vorwerfen, sie nicht aus wetterbedingten, sondern aus finanziellen Gründen hinzuhalten, statt sie endlich auf den Berg zu bringen. Da gibt es Bergsteigergruppen, die warten schon viele Wochen auf günstiges Wetter. Von Durchfall oder Fieber ausgezehrte Gestalten sitzen abends um das Lagerfeuer und stochern in dem Brei in ihren Blechdosen herum. Andere hängen ununterbrochen an Satellitentelefonen, verbunden mit Wetterstationen in der ganzen Welt. Da Wasser Mangelware ist, liegen Schwaden von menschlichen und tierischen Ausdünstungen über dem Lager. In diesem Gestank muss der zahlende Millionär mindestens drei Wochen zur Gewöhnung an die Höhe von immerhin 5 400 Metern zubringen. Erst dann beginnt die Warterei auf das günstige Wetter. Und erst wenn das alles ausgestanden ist, beginnt die wirkliche Hölle des Aufstiegs auf den Achttausender, von dem ja bekanntlich viele, darunter die besten Bergsteiger der Welt, nie wieder zurückgekommen sind. Die meisten erreichen nicht einmal den Gipfel, weil plötzliche Wetterwechsel die Umkehr, in manchen Fällen sogar nur hundert Meter vor dem Ziel, erzwingen. Und selbst die wenigen, die den Gipfel erreichen – wenn es sein muss und sie genug zahlen, dann trägt sie ein Sherpa hinauf –, sehen meistens gar nichts. Entweder aus Erschöpfung oder weil Nebelschwaden aufziehen und man sofort wieder den Rückweg antreten muss. Keine Rede vom Genießen absoluter Stille. Allein das Hämmern der Sherpas, die die Karabiner für die Touristen in die Felsen hauen, hallt von überall durch das Himalaya-Massiv. Der Rückweg ist dann naturgemäß das Gefährlichste an der ganzen Unternehmung. Alle, selbst die geübtesten Bergsteiger aus aller Welt, sind vom Aufstieg und der dünnen Luft so erschöpft, dass jeder Schritt zu einer Kraftprobe wird. Manche erliegen dem Höhenrausch und irren am Rande der Schneefelder herum, viele erfrieren oder frieren sich zumindest Zehen, Finger, die Nase oder ein Bein ab. Die sehr viel zahlenden Touristen werden von mehreren Sherpas abwechselnd wieder hinuntergetragen.

Nein, dann schon lieber von der Leiter am Kirschbaum fallen. Das ist eindeutig der leichtere Tod. Aber der Mensch, der es leichter hat, sehnt sich ja oft nach dem Schwereren. Redmond O'Hanlon, ein auch nicht mehr ganz junger englischer Literaturprofessor, der immer wieder die gewagtesten Expeditionen unternimmt und dann Bücher darüber schreibt, hat es ungefähr so ausgedrückt: Du sitzt gemütlich in deinem hübschen Haus im Lehnstuhl vor dem Feuer im Kamin, trinkst deinen Tee, schmökerst in interessanten Büchern und träumst vom Dschungel. Bist du im Dschungel mit klebriger Kleidung, unzähligen Blutegeln am Leib und von der Hitze geschwollenen Füßen in den Stiefeln, dann denkst du die ganze Zeit: Warum tu ich mir das an, warum, warum, warum?

Jetzt muss man aber schon sagen, dass ein gewaltiger Unterschied ist zwischen O'Hanlon und dem zahlenden Touristen am Mount Everst: O'Hanlon geht selbst zu Fuß! Und er erlebt im Inneren von Borneo oder im Amazonasgebiet immer wieder auch Augenblicke großer Schönheit wie vogelgroße Schmetterlinge, reglos im Wasser liegende Krokodile, hundert Meter hohe Bäume, tellergroße Orchideen, endlose grüne Blätterdächer. Weit entfernt von der menschlichen Zivilisation, ihrer Enge, ihrem Gestank und ihrem Lärm.

Das Gleiche bei den Weltumseglern! Sie nehmen ununterbrochen Strapazen auf sich, nur um für Augenblicke die Weite des Meeres, die Stille pazifischer Nächte, die Ruhe vor dem Sturm genießen zu können. Nein, das sind alle keine verwegenen Abenteurer, die ihr Leben aus Jux und Tollerei aufs Spiel setzen, da will keiner in das Guinness-Buch der Rekorde. Alle sogenannten Abenteurer sind heute nur verzweifelte Menschen, die keinen Platz mehr finden, sodass sie eben die weißen Flecken suchen müssen. Und die Verzweifeltsten unter ihnen müssen alleine oder höchstens zu zweit oder zu dritt und aus eigener Kraft auf den Mount Everest, ins Innere von Borneo und mit dem Schiff um die Welt. Redmond O'Hanlon geht mit einem alten Studienkollegen, der inzwischen im Rotlichtmilieu gelandet ist und seit Jahrzehnten kein Buch mehr gelesen hat, ins Amazonasgebiet. Dem gibt er Prousts *Auf der Suche nach der verlorenen Zeit* mit auf den Weg, und der Zuhälter beginnt, sich unter den unleidlichsten Bedingungen und größten Gefahren in Hängematten unter unübersichtlichen Blätterdächern, auf schaukelnden Flößen durch Mangrovenwälder, unter den unsichtbaren Blicken hinter undurchdringlichem Buschwerk lauernden, zum Angriff bereiten, ganz unbekannten Indianervölkern, festzulesen. Vor ein paar Jahren habe ich im *Spiegel* eine Anzeige gesehen, da sitzt ein sehr großer, untersetzter, nicht mehr ganz junger Herr auf einem Designerstuhl, für den er ganz offenbar Reklame macht. Darunter die Frage: Mister O'Hanlon, wen werden Sie auf Ihre nächste Expedition mitnehmen? Die Antwort O'Hanlons: Ich suche einen gut verdienenden, aber zutiefst frustrierten Allgemeinmediziner, der im innersten Dickicht eines noch weitgehend unentdeckten Urwaldes die Erfahrung machen möchte, wie schön er es letztlich zu Hause hätte.

So ungefähr.

Ganz ähnlich eigentlich der oberösterreichische Elektrohändler Claus Gintner, der, obwohl er fast ununterbrochen seekrank ist, im fortgeschrittenen Alter ganz allein die Welt umsegelt, wobei er mitten in den wildesten Orkanen zerrissene Segel nähen und nächtelang, ohne zu schlafen, bei Unwettern den Kurs halten oder sich bei einem Überfall gegen fünf kräftige Piraten wehren muss und dabei fast stirbt. Man hat schon von Weltumseglern gehört, die sich mit gewöhnlicher Nadel und Faden einen abgetrennten Finger wieder annähen oder sich selbst einen Fuß amputieren mussten. Ich meine, so etwas macht der Mensch doch nur aus höchster Not. Und die Not hat eben ganz verschiedene Formen. Es gibt neben der Hungersnot oder der finanziellen Not oder politischer oder kriegsbedingter Not ganz offenbar auch eine emotionale Not. Und zwar dergestalt, dass der Mensch es nicht mehr aushält, so zu leben, wie er eben lebt. Mit Immobilien, mit einer Familie, mit einem Schloss oder einem Swimmingpool, einem Badesee oder einer Dachwohnung.

Verzweifelt sind wir alle. Aber nicht jeder hat das Geld und/oder den Mut, die Kraft, die Fähigkeit oder die Lust, gleich alleine um die Welt zu segeln, den Urwald zu durchqueren oder auf den Mount Everest zu steigen. Manche fahren nur mit dem Fahrrad zum Nordpol oder gehen zu Fuß von Düsseldorf nach Istanbul oder über die Alpen.

Bruno und ich sind vorigen Juni mit dem Faltboot von Treviso die Sile hinunter bis in die Lagune von Venedig gepaddelt, in der Lagune von Venedig über Torcello, Deserto, Burano, Murano und Venedig, wo wir mit dem Faltboot bis zur Arsenale gepaddelt sind, das

Boot an den Pfählen einer Gondoliere-Schule festgemacht und dann die Biennale besucht haben, bis weiter nach Mestre. In unserem Zweierfaltboot hatten wir den Trailer, einen Blasebalg, ein Zelt, zwei Matratzen, zwei Schlafsäcke, zwei Schwimmwesten, einen Notfallkoffer, unsere Kleidung, unseren Proviant, einen Gaskocher plus zwei Teller, zwei Tassen, zwei Messer, Gabeln, Löffel, eine Flasche Prosecco und dreißig Liter Wasser in zwei Wassersäcken mit. Das schönste Erlebnis war die Übernachtung im Zelt auf einer winzigen, unbewohnten Insel in der Lagune, die, wie wir an der Vegetation erkannten, auch bei Flut nicht überspült wurde. Abends haben wir unsere Bio-Instantsuppe gekocht, Prosecco getrunken und über die silbern glitzernde Lagune geschaut, aus der manchmal Inseln auftauchten, von denen wir nicht wussten, ob sie Wirklichkeit waren oder nur unsere luftgespiegelten Träume. Während Bruno dann in Mestre das Faltboot wieder zerlegt hat, bin ich mit dem Bus nach Treviso gefahren und habe unser notdürftig zum Campingbus umgebautes Auto mit den beiden Thule-Koffern auf dem Dach zum Unterbringen des Faltbootes geholt. Das Dachzelt hatten wir zu der Zeit noch nicht. Von Mestre sind wir nach einem kurzen Abstecher zu Rudi und Franca an den Lago Maggiore, noch weiter über die französischen Seealpen bis zum Lac de Sainte-Croix gefahren, wo wir auch noch einmal gepaddelt haben.

Am Lago Maggiore liefen die Vorbereitungen für einen Japanaufenthalt auf Hochtouren. Rudi war von der Universität in Tokio, an der er vor fast dreißig Jahren unterrichtet hatte, überraschend zu einem Gastvortrag zu Übersetzungsproblemen eingeladen worden und hatte die Einladung nach einigem Zögern angenommen. Franca hatte sich entschlossen mitzukommen und bei der Gelegenheit ihre Kollegen vom Naturschutzpark Keramashotō zu besuchen. Rudi fährt generell nicht mehr gerne weg. Schließlich müssen die Tiere versorgt werden, die Miete vom Bürgermeister kassiert, B&B-Buchungen und Hochzeiten organisiert oder, im Falle seiner Abwesenheit, storniert werden. Ich glaube, er machte Franca, die gewohnt war, ihre Reisen alleine zu organisieren, ganz nervös. Bruno und mich ehrlich gesagt auch. Wir fuhren einen Tag früher als geplant weiter nach Südfrankreich, wo wir auf Campingplätzen in dem winzigen Igluzelt übernachteten, das wir von meiner Tochter, die damit mit ihrem Freund zu Musikfestivals fuhr, ausgeliehen hatten.

Und ich muss sagen, es war für Bruno und mich wider Erwarten ein sehr schöner Urlaub. Ich meine, da denkt man doch, dass das ewige Zelt auf-, Zelt abbauen, Matratzen aufpumpen, Schlafsäcke suchen, Luft wieder aus den Matratzen lassen, Matratzen, Zelt und Schlafsäcke im Auto verstauen, weiterfahren, wieder Faltboot aufbauen, Faltboot fahren, Faltboot wieder abbauen, im Auto verstauen, Campingplatz suchen, Zelt wieder aufbauen, Matratzen und Schafsäcke suchen, Kleidung, Toilettensachen suchen, Taschentücher suchen, Handtücher suchen, Schuhe suchen zu anstrengend ist für Menschen unseres Alters. Das Gegenteil war der Fall. Bruno und ich sind sogar in den französischen Seealpen in der Nähe der italienischen Grenze aus freien Stücken in der Mont-Bégo-Region auf 2 300 Meter Höhe gewandert, wo Unmengen prähistorischer Felszeichnungen zu besichtigen sind. 2 300 Meter Höhe ist zwar nicht der Mount Everest, aber Bruno und mir hat es gereicht. Vor allem weil wir die Nacht vorher und die Nacht nachher in einem Zelt mit steinigem Untergrund und ohne Kopfpolster zugebracht haben. In so einem Zelt kannst du nachts, wenn du nicht schlafen kannst, nicht einmal lesen, weil du ja kein Licht hast, und selbst wenn du Licht im Zelt hättest, mit dem Licht die Moskitos anlocken würdest, die dich nachts auch noch zerstechen, weshalb du dann überhaupt nicht mehr schlafen könntest. Auch tagsüber war es unmöglich, auf so einem Campingplatz zu lesen, weil Bruno nur die zwei praktischen Campingklappsessel ohne Lehne mitgenommen hatte, und auf denen kauernd liest niemand länger. Einmal habe ich versucht, im Auto zu lesen, aber da war es wieder viel zu heiß. Trotzdem: keinerlei Depression! Im Gegenteil wir haben Käse und frisches Baguette genossen, Moules Frites genossen, lauwarmen Champagner im Zelt genossen, Landschaft genossen und so weiter. Die letzten vier Tage haben wir uns dann auf dem Campingplatz am Lac de Sainte-Croix einen Wohncontainer zu täglich sechsunddreißig Euro gemietet, in dem wir in zwei winzigen hinteren Kammern jeweils schlafen oder lesen konnten und in dem vorderen, offenen Teil eine Küche mit Kühlschrank, einen großen Tisch, vier Sesseln mit Lehne und viel Stauraum zur Verfügung hatten. Das ist uns dann wie der größte Luxus überhaupt vorgekommen. Rudi und Francas Schloss schien uns nichts dagegen!

Jetzt liegt natürlich der Schluss nahe, dass es überhaupt am besten wäre, sein Leben sozusagen im Campingbus und ab und zu zur Erholung in einem Container zuzubringen. Aber das ist auch keine Lösung! Weil nur in der Vorsaison möglich. In der Hauptsaison muss, zumindest auf europäischen Campingplätzen, die Hölle los sein. Hunderte Menschen, brüllende Kinder, bellende Hunde, kreischende Radio- und Fernsehapparate in den Wohnwagen, Hausfrauen, die durchdringende Kochdünste erzeugen, große Menschengruppen – auf den meisten Campingplätzen treffen sich ja jährlich dieselben Menschen, die dann ihr Wiedersehen feiern oder den Schulschluss ihrer Kinder oder Geburts- und Namenstage, und das alles auf engstem Raum. Auf den größeren Campingplätzen kommen in der Hauptsaison noch Animateure hinzu, Discjockeys und so weiter. Eine Alternative gibt es nicht. Wild Campen ist in Europa entweder verboten oder gefährlich. Da wirst du schneller bestraft oder ausgeraubt, als du schauen kannst, und im nichteuropäischen Ausland als Tourist herumzureisen und wild zu campen, ist ebenfalls nicht empfehlenswert.

Suchst du andrerseits Hotels auf, bist du für die Bevölkerung der reiche Tourist, den man ausnimmt, wo es geht, was zwar verständlich, aber dennoch für den einzelnen Touristen kränkend ist. Nur die Hippies, die in den 60er und 70er Jahren des vorigen Jahrhunderts scharenweise nach Indien gefahren sind und dort in billigen Absteigen gewohnt haben, haben es geschafft, von der Bevölkerung nicht ausgenommen zu werden, sondern, im Gegenteil, die dortige Bevölkerung auch noch durch regen Handel mit Glasperlen, Jeans oder abgelaufenen Tabletten auszunehmen. Bei den organisierten Reisen nach China, Indien, Indonesien, Afrika wirst du von der Bevölkerung derart abgeschottet, dass du sie praktisch, in klimatisierten Bussen von Sehenswürdigkeit zu Sehenswürdigkeit fahrend, gar nicht zu Gesicht bekommst. Ich bin sicher, dass man von solchen Reisen nur zutiefst deprimiert nach Hause kommen kann.

Nachdem Bruno und ich aus Südfrankreich zurück in Österreich waren, fanden wir eine lange Mail von Rudi vor, in dem er schilderte, wie sie den Flug von Rom nach Tokio versäumt hatten. Zuerst habe er im Schloss noch das Futter für die Hunde für zwei Wochen vorkochen und dann portionsweise einfrieren müssen und dann wären sie einem kurzfristig anberaumten Streik der Vorortzüge nach Mailand, von wo es dann eine schnelle Zugverbindung nach Rom gebe, zum Opfer gefallen. Schließlich musste Rudi auf eigene Kosten zwei neue Flugtickets von Rom über Istanbul nach Osaka kaufen, was mit Zwischenaufenthalten fast zwei Tage in Anspruch nahm.

Ja, so haben auch die beruflich Weitreisenden ihre Probleme.

Die meisten Menschen würden sich so etwas, selbst wenn sie es entweder finanziell oder berufsbedingt könnten, gar nicht erst antun. Sie haben lieber ein Wochenendhaus, in das sie, statt von Rom aus zu fliegen, in einer halben Stunde mit dem Auto hinfahren, oder einen Schrebergarten, zu dem sie bequem mit dem Fahrrad von ihrer Wohnung aus radeln können.

Josefine zum Beispiel, die seit ihrem Erlebnis um die Kranzniederlegung in Lissa keine Lust mehr auf Yachten oder Safaris hat, hat ein Stück Land im Naturschutzgebiet in der Nähe von Salzburg gepachtet. Das Grundstück sei unter anderem deshalb überhaupt zu haben gewesen, weil es sich um geschütztes Moorgebiet handle, auf dem man zwar, sollte es gelingen, alles Mögliche anpflanzen, aber gar nichts, nicht einmal eine Gartenhütte zum Einstellen der Gartengeräte bauen dürfe. Auch keinen offenen Unterstand mit Dach drüber. Man dürfe nur Kisten zum Verstauen von Geräten und Gartenmöbeln verwenden, die allerdings im Moor versinken würden, wenn man nicht verschiedene Schichten von Beton, Kies und Erde unter sie setzen würde. Der Vorteil ist, dass Josefine ihr Paradies nicht mit dem Flugzeug, sondern sehr bequem mit dem Fahrrad von ihrer Salzburger

Wohnung aus erreichen kann. Gerfried, hat sie uns bei ihrem Besuch am Badesee erzählt, müsse sie nun, obwohl er Gartenarbeit hasse, zur Strafe für Lissa, bei der Aufstellung der Staukisten im Moorgebiet unterstützen und habe dabei sogar eine Kopfweide metertief, wie sie uns auf einem Foto zeigte, zuerst ausgegraben, dann entwurzelt, zersägt und für die Lagerfeuer, auf denen dann gegrillt werden soll, zerhackt. Der Mann sah auf den Fotos bedenklich rot im Gesicht aus. Josefine hingegen, gertenschlank und faltenlos, gestaltet nun, meist ganz in Weiß gekleidet, von elf Uhr mittags bis fünf Uhr abends ihren Garten. Das heißt, sie kauft meterhohe Kübelpflanzen wie Orangen- und Zitronenbäume – sogar einen Olivenbaum –, befestigt Hängematten an Bäumen, stellt witterungsfeste aber zusammenklappbare Gartenmöbel auf, Fackeln, Kerzen, Liegebetten mit Baldachin und so weiter. Josefine ist sehr romantisch. In der Erde graben und pflanzen muss Gerfried. Wie auf einem Foto zu sehen ist, hat er dem Moor bereits Hortensien, Azaleen, Rhododendren, Heiderosen, Ribisel, Heidelbeeren und so weiter abgetrotzt. Im Prinzip, sagt Josefine, könne man im Moor alles anpflanzen, was auch auf Misthaufen gedeihen würde. Die Erde ist nicht zu wenig fruchtbar, sondern zu fruchtbar, quasi reiner Dünger, sodass empfindlichere Pflanzen am Überfluss eingehen würden. Sie hat uns für nächste Woche zum Grillen ins Moor eingeladen, aber Bruno sagt, er werde niemals ein Moorgebiet zum Grillen aufsuchen, in dem er dann praktisch auf einem Misthaufen sitze und von Bremsen zerstochen werde.

Am Badesee ist es wiederum genau umgekehrt. Das Grundstück liegt an der Bahn und ist an sich nichts als ein Schotterhaufen. Praktisch unfruchtbarer Boden. Sigi hat unter Karlas Anleitung Hochbeete angelegt, an verschiedenen Stellen immer wieder im Baumarkt gekaufte, frische Bio-Erde aufgeworfen, die in Schubkarren vom Parkplatz über den holprigen Sandweg gekarrt werden und dann die Stiegen hinauf in den Garten getragen werden musste. In jahrelanger Mühe ist es Karla gelungen, einen Apfelbaum (alte Sorte) und einen Kirschbaum (alte Sorte), auf dem Hochbeet Zucchini, Bohnen, Ashitaba, Petersilie, Minze, Schnittlauch zu ziehen und eine Blumenwiese anzulegen. All das muss intensiv mit dem Gartenschlauch gegossen werden. Und zwar, wie Karla mich eingewiesen hat, indem man jeweils bis hundert zählt. Hundertmal die alten Hochbeete, hundertmal die neuen Hochbeete, auf denen zwar noch nichts wächst, aber vielleicht eines Tages wachsen wird, je hundertmal den Apfel- und den Kirschbaum und hundertmal die Blumenwiese. Eigentlich eine schöne Arbeit: In der Wiese stehen, den Gartenschlauch halten und bis hundert zählen. Sehr kontemplativ! Da fällt mir ein, dass ich einmal, als ich bei Paul Wühr am Bolsenasee zu Besuch war, gesehen habe, wie er mit dem Gartenschlauch in der Hand ungefähr eine halbe Stunde in der Wiese gestanden ist, gen Himmel geschaut und irgendwohin gespritzt hat. Ich dachte damals, es handle sich um die völlig sinnlose Handlung eines in seinen Text vertieften Dichters. Jetzt kann es zwar sein, dass Paul Wühr damals tatsächlich in einen Text vertieft war, aber sinnvoll war seine Tätigkeit des kontemplativen Bewässerns, das weiß ich jetzt, auf jeden Fall.

Katharina, die früher sehr viel in ihrem kleinen Stadtgarten gearbeitet hat, tut diesbezüglich gar nichts mehr, seit Willi und sie vor fünf Jahren aufs Land ins Mühlviertel gezogen sind, weil Katharina dort ein Stück Bauland geerbt hat. Überall in dem Glasumgang ihres Hauses stehen vollkommen vertrocknete Pflanzen. In dem Streifen Wiese rund um das Haus herum stehen drei kleine Bäume, die Willi auf Wunsch Katharinas gepflanzt hat, und ein paar Mangoldblätter, sonst gar nichts. Jenseits des schmalen Streifens Wiese beginnt ein nicht bebautes Nachbargrundstück, auf dem die Wildnis dergestalt um sich gegriffen hat, dass Willi, der Gartenarbeit ebenfalls hasst, im Frühjahr wilde Büsche ausreißen und wilde Bäume kürzen muss, wenn er nicht will, dass ihr Haus von der Nachbarwildnis verschlungen wird. Auch in relativer Stadtnähe ist das Mühlviertel bereits oftmals rau und unwirtlich. Im Winter muss Willi, wie bereits angedeutet, Schneisen durch den Schnee schaufeln, damit sie überhaupt ihr Haus erreichen können, oder aufs Dach steigen und von dort den Schnee schaufeln, damit das Dach nicht von der Last des vielen Schnees im Mühlviertel erdrückt wird. Bei Hochwasser und in der Schneeschmelze besteht die Gefahr von Erdrutschen. Vielleicht ist das der Grund, warum Katharina nichts mehr bepflanzen will. Vor fünf Jahren jedenfalls war ihr Stadthaus mit Glyzinien bewachsen. In den Mauerecken standen im Sommer rosa und rot blühende Oleanderbäume, die auf meiner Terrasse in Linz nie gediehen sind. Sogar einen Früchte tragenden Zitronenbaum hatte Katharina selbst gezogen. Es kann natürlich auch sein, dass sie es seither einfach satthat, täglich Blumen zu gießen, oder dass Willi sich für ihre jährlichen wochenlangen Reisen mit Schlafsack und Rucksack, allein zurückgelassen, gerächt und die Blumen Katharinas absichtlich nicht gegossen hat. Oder es liegt an ihrer Arbeit als Betreuerin von zu Hause abgehauenen oder rausgeschmissenen Jugendlichen, sodass ihr jede Hege und Pflege in ihrer Freizeit vergällt ist.

Maria hingegen hat im Garten ihres Hauses am Stausee das richtige Maß gefunden. Sie pflanzt ein bisschen an, manches Jahr mehr, manches Jahr weniger, mal Kürbis, mal Topinambur, mal Bohnen, mal Erbsen. Bestimmte Blumen kommen jedes Jahr von selbst. Auch ihr Garten muss das raue Klima des Mühlviertels verkraften und ihr Rücken das ständige Auszupfen von Unkraut, was ja nur in gebückter Haltung möglich ist. Hans senst dafür die Wiese hinterm Haus beziehungsweise beschneidet die Bäume und Büsche. Das heißt, er beschnitt die Bäume und Büsche und senste die Wiese hinter dem Haus bis vor drei Jahren! Vorvoriges Jahr hatte er einen Bandscheibenvorfall, letztes Jahr eine sogenannte »frozen shoulder« und im Moment hat er einen Leistenbruch. Ja, so kann einem das stets fortschreitende Alter schließlich die letzten ruhigen Plätzchen, die man mit Mühe geschaffen hat, verleiden.

Auch Karla ist ja nicht verschont geblieben. Obwohl sie erst vierundvierzig Jahre alt ist, hat sie eine total verkümmerte Wirbelsäule. Praktisch Glasknochen. Wie lange wird sie da noch das herrliche Grundstück hier am See mit Sigi, der ja immerhin auch schon fast sechzig Jahre alt ist und ebenfalls bereits einen Leistenbruch, Schulter- und Bandscheibenprobleme hatte, so intensiv bearbeiten können, wie sie es derzeit tut?

Da kann man nur hoffen, dass es noch eine Weile so weitergeht. Im Notfall, wenn Alter, Krankheit und/oder Siechtum verhindern, die letzten kleinen Plätzchen, an denen man sich noch zurückziehen kann, zu pflegen, kann man es wie die Japaner halten, die sich dann in die Berge in Eis und Schnee zurückziehen, um zu sterben.

Jetzt glaubt man schnell einmal, die Japaner kämen mit dem allgemeinen Platzmangel besser zurecht, weil sie im Gegensatz zu uns weder Möbel noch so und so viele Ziergegenstände sammeln, sodass sie dann in ihren eigenen Wohnungen keinen Platz mehr finden, sondern tagsüber in der Regel mit einem niedrigen Lacktischchen auskommen, an dem sie essen, lesen, arbeiten. Futons, die nachts auf den Tatami-Böden liegen – mehrlagige, weiche, gut riechende, fest geflochtene Strohmatten, die flächendeckend die Böden jedes Zimmers bedecken –, werden tagsüber praktischerweise in tiefen Einbaukästen verstaut, die sich oftmals an drei Wänden eines Zimmers befinden und mit Schiebetüren in dezentem Kranich- oder Blumenmuster versehen sind. Ebenso alle anderen Utensilien wie Kleidung, Decken, Polster, Bücher, Koffer, Bügeleisen und so weiter. So wird der Raum zwar um einiges verkleinert, ist dafür aber leer. Bis auf das besagte Lacktischchen und vielleicht noch einen schön verzierten, kleinen Paravent oder einer Schriftrolle an der Wand. Zu so einem Durcheinander wie beispielsweise in Brunos Bibliothek kann es daher gar nicht erst kommen. Durch Minimalisierung! Alles in Japan ist minimalisiert: Die Häuser, die Gärten, die Tempel, die Teehäuser, das Sushi. Nicht einmal die Natur muss wachsen. Sie wird einfach auf ein erträgliches Maß herabgezüchtet und beschnitten (Bonsai), sodass in den Gärtchen vor den Holzhäuschen auf kleinstem Raum und stets überschaubar ganze Landschaften mit Wasserfällen, stillen Teichen oder Steingärten entstehen, magisch beleuchtet von alten Steinlaternen, wodurch eine meditative Stimmung erzeugt wird. Durch Minimalisierung!

Allerdings nur im Detail. Denn man muss jetzt bedenken, dass in den kleinen Häuschen mit den kleinen Gärtchen insgesamt über 126 Millionen Menschen leben. Und zwar auf nur ungefähr 30 000 Quadratkilometer, weil Landwirtschaft, Industrie und Besiedelung zusammengenommen auf nur zwanzig Prozent der Gesamtfläche Japans beschränkt sind. Da kann man sich dann leicht vorstellen, was auf den Straßen, in den U-Bahnen, in den Firmen und in den Familien los ist. Nämlich ein sagenhaftes Gedränge überall.

Ich habe vor ungefähr dreißig Jahren eine Zeit lang

mit Rudi in Tokio gelebt. Das war der Grund für unsere Heirat damals. In Japan war es, zumindest zu dieser Zeit, sehr schwer, eine Aufenthaltsgenehmigung zu bekommen. Rudi wurde sie als Gastprofessor von seiner Uni besorgt, ich hatte nur ein Touristenvisum für drei Monate und musste daher alle drei Monate vom Ausland aus erneut als Touristin einreisen. Nun ist Japan aber bekanntlich eine Insel. Die einfachste Lösung war, nach Südkorea zu fliegen, ein paar Tage in Seoul zu verbringen und dann erneut nach Japan zurückzufliegen und wieder als Tourist einzureisen. Nach drei Koreaaufenthalten (»Ami go home« war noch das harmloseste Zeichen der Ablehnung des Ausländers durch die südkoreanische Bevölkerung, manchmal flogen auch Steine) beschlossen wir zu heiraten, wodurch auch ich auf Betreiben von Rudis Universität die ständige Aufenthaltsgenehmigung bekam. Aber das nur nebenbei. Es geht hier ja nicht um mich, sondern um die weltweite Platzfrage.

Anfangs haben wir in Atsugi gewohnt, einem Vorort von Tokio. Auch dort war alles bereits sehr eng, wenn auch nicht in dem Maße wie später dann in Tokio selbst. Das Häuschen war für europäische Verhältnisse winzig. Es war uns von Frau Tokusha, einer japanischen Germanistin und Lebensgefährtin eines Wiener Philharmonikers, die allein aus diesen beiden Gründen mehrmals jährlich einige Wochen in Europa zubrachte und wohl als eine Art Kopfjägerin der japanischen Germanistik agierte und Rudis Anstellung an einer Uni in Tokio betrieben hatte, für den Anfang unserer Zeit in Japan zur Verfügung gestellt worden. Wäre es japanisch eingerichtet gewesen, wäre die Enge wahrscheinlich gar nicht aufgefallen, weil der Japaner an sich vernünftigerweise alles in besagten Wandschränken unterbringt. Aber Frau Tokusha war europäisch infiziert. Die europäischen Möbel – sperrige rote Lederimitatfauteuils und ein überdimensionales rotes Lederimitatsofa, an dem wir, in der heißen Regenzeit spärlich bekleidet, so wie an den zwei sperrigen roten Lederimitatfauteuils regelmäßig kleben blieben, und ein für japanische Verhältnisse eindeutig überdimensionaler Schreibtisch – sprengten praktisch die Maße des Wohnzimmers, so wie ein europäisches Bett und ein klobiger Kasten die Maße des Schlafzimmers sprengten. Im Grunde mussten wir uns so geschickt um die Möbel herumbewegen, wie sich die russische Prinzessin und der italienische General in ihrer Sieben-Zimmer-Wohnung in Süditalien und Rudi und Franca heute in ihrem Schloss um die vielen Möbel herumbewegen müssen.

Auch die Landschaft war sozusagen winzig, obwohl man so etwas eigentlich gemeinhin nicht über eine Landschaft sagt. Ich habe während meiner Zeit in Japan kein Pferd, keinen Esel und keine Kuh gesehen, und im Nachhinein habe ich auch den (ganz subjektiven) Eindruck, als wäre ein Esel, ein Pferd oder eine Kuh einfach zu groß für die dortige Landschaft. In der Nähe unseres Häuschens in Atsugi war ein winziges Wäldchen mit einem winzigen Tempel in der Mitte, vor dem ein winziges rotes Tor (Dori) stand. Aber das ist so eine Tücke japanischer Enge. So klein kann in Japan ein Wäldchen theoretisch gar nicht sein, dass du dich praktisch nicht darin verirren kannst. Und obwohl das Klima nicht gerade tropisch ist, hat so ein japanisches Wäldchen nicht das Geringste mit einem europäischen Wäldchen zu tun. Ein japanisches Wäldchen ist immer ein Wald, wenn auch ein winziger. Du fühlst dich quasi noch mitten in der Stadt, siehst ein kleines Wäldchen mit einem kleinen Tempel und einem kleinen roten Dori davor, gehst um den Tempel herum und schon hast du dich im undurchdringlichsten Dickicht verirrt.

In Tokio selbst verirrst du dich dann nicht im Wald, sondern in der Stadt. Überall, außer unmittelbar in den berühmten Zentren Shinjuku, Ginza, Shibuya, Harajuku, wo die Wolkenkratzer stehen, die gleichen niedrigen kleinen Holzhäuschen mit den kleinen, aber äußerst vielfältigen Gärtchen davor – uralte Bonsais wie Rotfichte, Waldkiefer, Lärche, Weißdorn, alles natürlich in Miniaturform –, bis dir schwindelt und du nicht mehr weißt, wo du bist. Nur allein bist du garantiert nie. Auf einer Fläche von 622 Quadratkilometer wohnen in Tokio 9 375 104 Menschen. Und denen begegnest du naturgemäß auf Schritt und Tritt. Besonders in den U-Bahnen. Da gibt es Schieber, die die Menschen zu den Stoßzeiten in die U-Bahn hineinschieben, damit jedes Stehplätzchen ausgenutzt werden kann. Dort stehen die Japaner so eng gedrängt, dass niemand umfallen kann, eine Hand im Haltegriff der U-Bahn, und schlafen. Auch die SchülerInnen in ihren Schuluniformen, die ja oftmals auch einen weiten Schulweg haben, schlafen stehend. Meistens herrscht in der Früh ein ziemliches Geschnarche in so einem U-Bahn-Waggon. Männliche oder weibliche Schüler – Standarduniform: schwarze Röcke/Hosen, weiße Socken und weiße Blusen/Hemden – lesen, wenn sie nicht schlafen, stehend ihre Mangas. Männliche Angestellte – Standarduniform: dunkelblauer Anzug, weißes Hemd und Aktentasche – lesen Zeitung. Diejenigen männlichen Japaner, die nicht schlafen oder Zeitung lesen, belästigen die schlafenden oder Manga lesenden Schülerinnen, indem sie sich von hinten so fest wie möglich an diese heranpressen und auch schon mal unbewegter Miene mit ihrer Hand unauffällig über Hinter- oder andere Körperteile der blutjungen Schülerinnen streifen. Die blutjungen Schülerinnen wiederum, die sich nicht wehren, weil der japanische Knigge vorschreibt, dass der jüngere Mensch dem älteren Respekt zu zollen hat, ertragen das mit ebenfalls unbewegter Miene. Da kommt es naturgemäß zu Übergriffen noch und noch. Rudi, der in der U-Bahn so einen Fall beobachtet hat, ist einmal einem weder schlafenden noch Zeitung lesenden, sondern eine blutjunge Schülerin mit unbewegter Miene bedrängenden Angestellten mit ebenfalls unbewegter Miene kräftig auf den Fuß getreten. Der japanische Angestellte, der, was einem Gesichtsverlust gleichkommt, kurz zusammengezuckt ist – wahrscheinlich aus Scham, nicht darüber, was er getan hat, sondern darüber, dass ein Ausländer ihn dabei beobachtet hat –, ist gleich bei der folgenden Station fluchtartig aus der U-Bahn gestürzt. Ich möchte mir gar nicht vorstellen, zu welchen Übergriffen es wegen des Respekts vor dem Alter auch in den Schulen, den Universitäten und Büros Tokios tagtäglich jungen Mädchen und Frauen gegenüber kommt. Einschließlich der Dienstleistungen, die den Lehrern und Professoren und Chefs von den Schülerinnen, Studentinnen und untergebenen weiblichen Angestellten aus Respekt des jüngeren vor dem älteren Menschen angeboten werden. Auch Rudi boten sich in meiner jeweils kurzen Abwesenheit, einmal Korea, einmal Heimaturlaub, sofort so und so viele japanische Studentinnen an. Es scheint, der männliche Japaner leidet ununterbrochen unter sexuellem Notstand. Was nicht weiter verwunderlich ist, wenn man an die zwar nicht von Möbeln vollgestellten, aber doch angesichts der beängstigenden Einwohnerzahl sehr beengten Wohnverhältnisse denkt.

Die Anfahrtszeiten zu den einzelnen Dienststellen in Tokio betragen in den meisten Fällen zwischen zwei und drei Stunden. Nicht jeder oder besser gesagt eigentlich niemand kann sich ein Haus mitten im Zentrum von Tokio leisten. Aber auch in den Außenbezirken wohnen vielköpfige Familien auf engstem Raum. Und da ist es dann wieder praktisch, wenn alles hinter den Schiebetüren der Einbauschränke verstaut wird, weil sonst könnte ja so eine Familie aus Platzgründen niemals gemeinsam am niedrigen Esstisch sitzen und frühstücken. Falls das überhaupt je geschieht. Eher habe ich den Eindruck, die japanische Familie schläft, isst und lebt schichtweise. Wenn die Männer das Haus verlassen, um stundenlang mit der U-Bahn an ihren Arbeitsplatz zu fahren und dabei junge schlafende oder Mangas lesende Schülerinnen zu belästigen, schlafen die Frauen und Kinder noch. Wenn sie aufstehen, hat der Vater der Familie sein Bett längst im Einbauschrank verstaut, sodass Platz für den Esstisch geschaffen wurde. Abends, wenn Papa, der nach der Arbeit meist mit den Kollegen in einem kleinen Restaurant in der Stadt isst und dann viel trinkt, heimkommt, sind bereits überall in der kleinen Wohnung die Schlafmatten ausgebreitet.

Ich habe in Tamagawagakuen, wo wir fast drei Jahre gewohnt haben, bei meinen abendlichen Spaziergängen mit meinem Pflegehund Jiru, dessen Besitzer einmal im Jahr für drei Monate nach Europa geflogen sind, allabendlich einen Japaner in dunkelblauem Anzug mit Aktentasche beobachtet. Auf der Hälfte der Stiege, die von der U-Bahn zur Straße mit den Holzhäuschen und den gepflegten Gärtchen davor, in der auch wir gewohnt haben, hinaufgeführt hat, hat er regelmäßig ein schneeweißes Stofftaschentuch aus seiner Aktentasche gekramt, sorgfältig aufgefaltet und sich draufgesetzt. Nach einer Weile hat er sich dann umgedreht und sich rücklings in die kleine Parkanlage mit dem Rotkiefer-Bonsai übergeben. Dann ist er aufgestanden, hat das Taschentuch ausgeschüttelt und sorgfältig wieder zusammengelegt, in seiner Aktentasche verstaut, und ist nach Hause gewankt.

Sex ist unter japanischen Wohnverhältnissen in den meisten Fällen praktisch nicht möglich. Deshalb gibt es so viele »Love-Hotels« in Japan. Dort wiederum gibt es, so wie heute auch bei uns, Zimmer in allen möglichen Ausstattungen: Urwald, Wasserbett, Schlosszimmer, Verlies, Folterkammer und so weiter. Wahrscheinlich schenkt dann der japanische Vater der japanischen Mutter zu Weihnachten oder zum Geburtstag eine Nacht im Love-Hotel und zeugt so mit ihr einen weiteren Sohn oder eine Tochter.

Die Wohnverhältnisse und die japanische solidarische Büro- oder Firmengemeinschaft führen auch dazu, dass ganze Firmenbelegschaften gelegentlich nach der Arbeit entweder in Karaoke-Lokalen oder in Sex-Etablissements absteigen, wo dann auf der Bühne zwischen den tanzenden oder posierenden Sexarbeiterinnen – oftmals Studentinnen, die sich etwas dazuverdienen wollen – die Firmenchefs und nach ihnen auch die Angestellten unter dem Jubel der restlichen Belegschaft ihre Hosen herunterlassen. Und nicht nur das! Ja, zu solchen Orgien kann Platzmangel führen!

Ich habe auf der letzten Biennale, zu der wir mit unserem Faltboot gepaddelt sind, im Hauptgebäude Fotos eines japanischen Fotografen gesehen, der heimlich mit Nachtlicht die Spanner in diversen Parks von Tokio fotografiert hat. Junge Menschen, die das Geld für die Love-Hotels nicht haben, müssen sich ja auch irgendwo nahekommen. Und genau auf solche Paare fallen dann, den Fotos nach zu schließen, je acht bis zehn Spanner, die mit offener Hose dicht auf dicht in den Büschen hocken.

Zu einem Familienleben kommt es auf diese Weise praktisch gar nicht mehr. Ich habe damals in Japan und auch zwanzig Jahre später, als ich in Begleitung von Bruno zu einem Germanistik-Kongress eingeladen war und einige Lesungen in den Universitäten Tokios hielt, immer wieder von japanischen Studenten, vorwiegend männlichen Geschlechts, später, nach den Veranstaltungen bei Bier oder Sake, gehört, dass die japanische Gesellschaft eine vaterlose Gesellschaft sei. Die rigorosen Arbeitszeiten lassen kaum Wochenendausflüge zu und während des jährlichen Urlaubs von einer Woche schlafen die Väter entweder ununterbrochen oder, wenn sie Geld und Kraft genug haben, treiben sie ihre Familie in Windeseile quer durch Europa. Der männliche Japaner kennt seinen Vater kaum. Er ist von Kind an nur von Frauen umgeben – Mutter, Kindergartentante, Lehrerin –, soll aber gleichzeitig das männliche japanische Ideal erfüllen, das im Wesentlichen aus Tapferkeit, Ehrgefühl und der Unterdrückung jeder Gefühlsregung besteht. Jetzt fragt er sich, wie er das von den Frauen, deren weibliches japanisches Ideal im Wesentlichen aus Einfühlungsvermögen in die Tapferkeit, das Ehrgefühl und die Unterdrückung jeder Gefühlsregung des männlichen japanischen Ideals besteht, lernen soll, während der tapfere Vater voll Ehrgefühl aber ohne jede Gefühlsregung in den Sex-Etablissements mit seinen Berufskollegen die Hosen herunterlässt.

Die andere Seite der japanischen Gesellschaft ist äußerste Höflichkeit, Disziplin, Zurückhaltung und das Akzeptieren von Regeln und Gesetzen. Anders wäre das Zusammenleben so vieler Menschen auf so wenig Platz wahrscheinlich gar nicht möglich. Du kannst in Tokio kein Auto kaufen, wenn du nicht einen Parkplatz dafür nachweisen kannst. Als wir damals in Tamagawagakuen unseren ersten Mazda 2 beantragten, musste Rudi eine Skizze unseres Hauses, des Gartens und der Auffahrt anlegen und auf dieser Skizze den Platz, auf dem wir den Mazda 2 auf der Auffahrt abzustellen gedachten, maßstabsgetreu einzeichnen. Was ihm nicht ganz gelungen ist – die viele Radiererei hatte das Skizzenblatt ganz verschmiert, und der Mazda 2 war auch doppelt so lang eingezeichnet, als er in Wirklichkeit war. Trotz dieser unzulänglichen Skizze wurde Rudi aber, wahrscheinlich weil es sich um einen Ausländer handelte, in Japan *Gaijin* genannt, nach langen Fahrtwegen zu verschiedenen Behörden, schließlich ausnahmsweise und wahrscheinlich nur aus Höflichkeit dem Ausländer gegenüber, der Autokauf genehmigt. Ein Japaner muss sich praktisch einen professionellen Zeichner nehmen, um die Skizze so genau hinzubekommen, wie die Behörde es verlangt. Niemand würde es wagen, so eine schlechte Skizze, wie Rudi sie verfertigt hat, abzugeben oder etwa gar auf die Skizze ganz zu verzichten und sich illegal ein Auto kaufen und es irgendwo abstellen. Das verbieten die Höflichkeit und der Respekt! Und das Gesetz.

Du wirst auch überall in den Hotels, den Restaurants,

den Kaufhäusern von äußerst höflichen Mitarbeitern mit Verbeugungen begrüßt, die meisten tragen weiße Handschuhe oder Gesichtsmasken, um dich und einander vor Ansteckung zu bewahren. Oft kommt es vor lauter Höflichkeit zu keiner Kommunikation. Weil der *Gaijin* ja oftmals nicht einmal weiß, in welche Richtung er sich, seiner jeweiligen Stellung gemäß, verneigen soll. Da fürchtet der Japaner zu Recht Zusammenstöße der Köpfe. Oder der Ausländer versteigt sich seinen Gästen gegenüber zu Fragen wie: Möchten Sie Tee oder Kaffee? Kaffee war damals, vor dreißig Jahren, der letzte Schrei in Japan, während der Ausländer in Japan stets Tee trank. Ein höflicher Gast trinkt oder isst in Japan, was sein Gastgeber essen oder trinken möchte. Jetzt kann der von einem Ausländer eingeladene Japaner naturgemäß nicht wissen, ob der Ausländer, der in seinem Heimatland Kaffee trinkt, nun lieber Tee oder Kaffee trinken möchte und, sollte sich der Gast für ein Getränk entscheiden, womöglich aus Höflichkeit ebenfalls entweder Kaffee trinken muss, selbst aber, weil er ja in Japan ist, lieber den guten japanischen Tee trinken möchte oder ob er, wenn der Gast sich für Tee entscheidet, im Grunde doch lieber auch in Japan Kaffee trinken möchte und nun aus Höflichkeit dem Japaner gegenüber Tee trinkt. Die Frage ist somit für den Japaner, will er höflich bleiben, unmöglich zu beantworten, weshalb er schlicht Ja sagt und hofft, dass der Ausländer so viel Einfühlungsvermögen hat, nun seinerseits zu entscheiden, ob er Tee oder Kaffee serviert. Was der Ausländer natürlich nicht tut. Es kommt zu langem Hin und Her, unterbrochen von vorsichtigen Verneigungen, um das Köpfezusammenstoßen mit dem Ausländer zu vermeiden.

Genauso wenig weiß die japanische Studentin, ob sie ihrem ausländischen Professor, *Sensei* genannt, in Abwesenheit seiner Frau höflichkeitshalber nun sofort die Hose öffnen soll oder lieber warten, bis der *Sensei* ihr von sich aus an den Busen greift. Denn man weiß ja nicht, ob der ausländische *Sensei* mit den japanischen Gepflogenheiten so weit vertraut ist, dass er weiß, was die Höflichkeit der Studentin gebietet, oder ob er womöglich glaubt, es handle sich bei seiner Studentin um ein verkommenes Subjekt. Sehr schwieriger Fall. Der in den meisten Fällen dann doch mit sofortigem Hosenöffnen gelöst wird, weil es für die höfliche Studentin schließlich nicht darauf ankommt, was der *Sensei* von ihr denkt, sondern dass er auch in Abwesenheit seiner Frau tadellos sexuell befriedigt wird. Wie es mit der sexuellen Befriedigung der japanischen Frau ausschaut, weiß ich nicht. Möglicherweise kennt sie gar keine Befriedigung, weil die Höflichkeit ihr ja nicht gebietet, selbst befriedigt zu werden, sondern den Mann zu befriedigen. Andrerseits könnte ich mir vorstellen, dass genau so wie bei uns in Europa, der Mann nur befriedigt ist, wenn die Frau auch befriedigt ist oder zumindest Befriedigung vortäuscht. Weil er sich ja nur dann als richtiger Mann erwiesen hat. Schaut man japanische Pornohefte oder Pornofilme an, haben die japanischen Frauen, die im Durchschnitt weitaus härter genommen werden als die Frauen in unseren Pornoheften oder -filmen, denselben entzückten Gesichtsausdruck wie bei uns. In den Pornofilmen rufen sie wie bei uns unentwegt »*Hai, hai*«, auf Deutsch »Ja, ja«. Die gefesselten Frauen des berühmten japanischen Fotografens Nobuyoshi Araki räkeln sich rücklings über Felsbrocken vor der Brandung eines wilden Meeres. Oder wenn man an Ōshimas Film *Im Reich der Sinne* denkt, wo nach wochenlangem Liebestaumel eine Frau dem Mann auf seine Bitte hin den Schwanz abschneidet! Ja, so kann die Höflichkeit unvermittelt in Mord übergehen und Lust in Gewalt. Da kann schnell einmal etwas unerwartet explodieren, wie zum Beispiel die Reaktoren 3 und 4 im Atomkraftwerk von Fukushima im März 2011 nach dem Erdbeben. Und da gebietet es auch wieder die Höflichkeit, den aus Platzmangel beinahe überall betroffenen Japaner – insgesamt fünfzig Prozent der japanischen Landmasse ist mit radioaktiven Schadstoffen belastet – nicht zu ängstigen, sondern im Gegenteil zu beruhigen. In dem Sinne zum Beispiel, dass bei Weitem nicht alles ganz schlecht ist, was kontaminiert ist. Weil es ja auf den Kontaminierungsgrad ankommt. Und den Kontaminierungsgrad und die zulässige Strahlenbelastung kann man aus Höflichkeit schon ein wenig hinaufsetzen. So hat die japanische Regierung die Werte für die Bevölkerung, auch für die Kinder, auf ein Maß gesetzt, das über jenes hinausgeht, das man Angestellten in europäischen Atomkraftwerken ohne Unfälle zumutet. Alles um die Bevölkerung nicht unnötig zu belasten. Oder wie es einige japanische Wissenschaftler und Politiker ausgedrückt haben: Die Angst vor der Strahlung bewirkt viel eher Krebs als die Strahlung selbst! Weil, man muss bedenken, dass der Großraum Tokio mit seinen 38 Millionen Einwohnern nur höchstens 250 Kilometer von Fukushima entfernt ist. Gott sei Dank gibt es dann auch noch die japanische Mafia, die Yakuza, die sich durch ihre straffe Organisation und Disziplin dem außerdem auch noch sehr lukrativen Geschäft der Beseitigung kontaminierter Erde annehmen kann. Angeblich verbuddeln sie die kontaminierte Erde ein wenig, oder, wenn es gar nicht anders geht, weil so viel Platz ist ja gar nicht, die ganze kontaminierte Erde loszuwerden, lassen sie sie liegen und bedecken sie mit Plastikfolien. Oder werfen sie, wer weiß, ins Meer, weil das sowieso schon verseucht ist durch das bis heute in den Pazifik fließende kontaminierte Wasser aus dem Atomkraftwerk. Da hilft alles nichts, angesichts von so viel Disziplin müssen auch die USA und Europa die Grenzwerte für die Kontaminierung von Lebensmitteln anheben. Das gebietet die Höflichkeit.

Ich weiß jetzt auch beim besten Willen nicht mehr, wie ich vom japanischen Sexualverhalten dann auch noch auf Fukushima zu sprechen gekommen bin. Eigentlich wollte ich nur am Beispiel Japans die Folgen des Platzmangels auf ganze Gesellschaftsstrukturen zeigen. Dass nämlich selbst auf einer traditionsmäßig einsamen Insel, die sich Jahrtausende lang von ihrer Umgebung abgeschottet hat, kein Platz zum Leben mehr ist.

Bertl ist überfahren worden, sagte Willi am Telefon. Wir graben ihn bei uns im Garten ein. Morgen um drei Uhr. Natürlich fuhren wir hin. Hans und Maria kamen auch. Ebenso Mandi und Else. Das Grab war schon ausgehoben, der Zwergpudel wurde in eine Decke gehüllt hineingelegt. Wahrscheinlich waren es Ausflügler, die Fahrerflucht begangen haben, sagte Willi. Wir überlegten eine Weile, wie es überhaupt möglich war, auf der kaum befahrenen Schotterstraße neben dem letzten Haus vor dem Wald, in dem Katharina und Willi wohnen, einen Hund zu überfahren. Katharina sagte, Bertl sei in letzter Zeit ein wenig schwerhörig geworden. Vielleicht habe er deshalb das Auto nicht gehört. Oder Rowdys, Betrunkene von einer Feier hätten sich zu ihnen verirrt. Wir schauten eine Weile schweigend ins Grab, und Willi schaufelte es wieder zu. Aber außer Katharina, Willi und mir war niemand so richtig ergriffen. Mandi, der überhaupt keine Tierliebe kennt, zitierte zum hundertsten Mal den Satz von W. C. Fields, dass niemand, der Kinder und Hunde nicht möge, ein wirklich schlechter Mensch sein könne, und Katharina erzählte, wie gern der Bertl die Nordic Walker immer verbellt habe. Wir umarmten uns. Dann tranken wir Kaffee, aßen den Kuchen, den Katharina gebacken hatte, und spielten bis spät nachts das neue *Tatort*-Spiel, das Mandi von den Kindern Elses geschenkt bekommen hatte.

Bruno fuhr nicht mehr mit mir zurück an den Badesee. Er müsse endlich dringend, sagte er, seine Bibliothek aufräumen. Aber dann, ich war längst wieder am

Badesee, teilte er mir telefonisch mit, dass er doch lieber mit Hans nach Südtirol gereist sei.

Es nützt alles nichts. Weder im In- noch im Ausland, weder am See noch im Hochgebirge, weder am Meer noch im Hinterland, und schon gar nicht auf einer einsamen Insel ist Platz und Ruhe. Jeder muss seinen eigenen, ganz persönlichen Platz und seine eigene, ganz persönliche Ruhe finden. Ein Stühlchen unter einem Baum, den Laptop auf den Knien, auf dem Balkon mit Ohropax gegen den Straßenlärm, oder, wenn es regnen sollte, unter dem Sonnenschirm. Wer wirklich will, lebt und schreibt überall. Auch beim Lärm vom Nachbarn, der den Rasen mäht oder die Fenster abschleift oder Volksmusik hört. Es kommt ausschließlich auf die positive Einstellung an. Darüber gibt es genug Sachliteratur, die sich mehr und mehr besser verkauft als alle noch so unterhaltende belletristische Literatur. Außer Krimis natürlich, die verkaufen sich ungefähr so gut wie Sachliteratur. Aus der Sachliteratur erfahren wir das Geheimnis des perfekten Tages, warum französische Kinder keine Nervensägen sind, dass wir uns nicht sorgen sollen, sondern leben, oder dass es eine Kunst des klaren Denkens gibt. Bei der Lektüre der Krimis finden wir endlich Ruhe angesichts der grauslichsten Morde, die uns aber nicht persönlich betreffen, und außerdem neben dem Kommissar ein ruhiges Plätzchen.

Da kannst du hundertmal durchschauen, dass der globale Kapitalismus genau darauf abzielt, dass der Einzelne, der ja nur in Einzelfällen vom globalen Kapitalismus profitiert, eine positive Einstellung zum Globalkapitalismus findet, damit der Globalkapitalismus nicht von denjenigen Milliarden Einzelnen, die nicht vom Globalkapitalismus profitieren, bekämpft oder gar eines Tages abgeschafft wird, für dein persönliches Überleben ist die positive Einstellung unvermeidbar. Sonst wirst du verrückt.

Brausen also an deinem autofreien Badesee fünf Biker mit ohrenbetäubendem Lärm – Gelächter, Musik, Rufe hin und her – vorbei, musst du dir sagen, dass du noch Glück gehabt hast, dass es nicht sechs oder gar acht waren. Oder du sagst dir, wenn die fünf Biker vorbei sind, kannst du immer noch deine Ruhe genießen, bevor die nächsten sechs kommen. Oder du beginnst einfach, dich mit Fahrrädern zu beschäftigen, studierst Marken und Typen – Mountainbike oder City Bike, Rennrad oder e-Bike, neuerdings auch Streetstepper. Hauptsache, du findest deine innere Ruhe, die nur aufgrund einer positiven Einstellung entstehen kann. Du kannst dabei auf einen reichhaltigen Schatz an Volksweisheiten zurückgreifen, weil das Volk ja nicht erst heute, sondern immer schon betrogen worden ist: Besser der Spatz in der Hand als die Taube auf dem Dach. In der Not frisst der Teufel Fliegen. Es gibt kein schlechtes Wetter, nur schlechte Kleidung. Es ist ganz egal, aus welcher Richtung der Wind weht, wichtig ist nur, wie du dein Segel setzt. Oder, schlichter für den Nichtsegler: Und wenn du glaubst, es geht nicht mehr, kommt von irgendwo ein Lichtlein her. Oder, für das christlich orientierte Volk: Der Herrgott wird's schon richten.

Sollten die Volksweisheiten nicht helfen, gibt es immer noch die Pharmaindustrie. In meiner ersten Wohngemeinschaft in Studienzeiten hatten wir einen – heute würde man sagen hyperaktiven – Mitbewohner, der morgens immer eine rosarote Tablette nahm. Einmal, als er die Tablettenschachtel in der Küche liegen gelassen hat, haben wir gelesen, dass »Versöhnt mit der Umwelt« auf der Schachtel stand. Damals, 1972, haben wir über so etwas noch gelacht! Inzwischen ist uns das Lachen vergangen. Es gab natürlich immer schon beispielsweise Rohypnol, Valium, Lexotanil, Captagon, mit denen du dich beruhigen, aufputschen oder umbringen konntest. Aber in den letzten zwanzig Jahren sind jede Menge Verfeinerungen dazugekommen, sowohl dämpfender als auch aktivierender als auch aufhellender Wirkung. Da findest du auf den Internetseiten auf Anhieb Trittico, Truxal (aufhellend), Temesta und Quetiapin (gegen Panikattacken), Dominal und Nozinan (Beruhigung), Sedogelat (leichte Beruhigung), Atarax und Citalopram (Antidepressiva). Da hast du eine schöne Auswahl. Weil, du kannst die Mittel ja fein aufeinander abstimmen: Morgens Truxal, mittags Quetiapin und abends Nozinan. Da kann eigentlich gar nichts mehr passieren. Du kannst dich heute nicht nur äußerlich, sondern auch innerlich designen. Willst du keine Psychopharmaka nehmen, bleiben dir noch die verschiedensten Drogen, um innere Ruhe zu finden und den allgemeinen Platzmangel zu vergessen. Mit Hilfe von Ecstasy wirst du in jeder noch so beschissenen Disco deinen Platz finden und durch reinen Augenkontakt kommunizieren (mündlich ist es ja durch den Lärm nicht möglich), Kokain macht die Welt groß und reich, dich selbst leistungsfähig und ausdauernd, Heroin macht auf kleinstem Raum (Souterrain oder Hinterzimmer) glücklich, Crystal Meth selbstbewusst und arbeitsfähig, LSD macht die Welt still, bunt und schwerelos. Sind dir die Drogen zu teuer oder zu schwer zu beschaffen, kannst du immer noch Wiesen und Wälder nach halluzinogenen Pilzen durchstreifen. Wem das zu gefährlich ist – tatsächlich sind schon jede Menge Dichter oder Musiker nach dem Genuss selbst zubereiteter Pilze aus dem Fenster gesprungen, weil sie dachten, fliegen zu können –, muss sich halt einen ansaufen. Hat aber auch, was zum Beispiel die rapide abnehmende Gedankenschärfe betrifft, seine Nachteile, wie man an der österreichischen Bevölkerung beobachten kann.

Gott sei Dank bleiben dann noch die Esoterik, die Homöopathie und die Naturheilkunde, drei sich in den letzten Jahrzehnten rapide ausbreitende Geschäftszweige. Damit hast du am nächsten Tag keine Kopfschmerzen wie beim Alkohol, keine Beschaffungsprobleme wie bei Drogen und es kommt auch kurzfristig billiger als alles andere. Langfristig bleibt es sich allerdings finanziell gleich. Das sind natürlich die harmlosesten Methoden, weil sie weder Wirkungen noch Nebenwirkungen haben. Aber, andrerseits Vorteil: Sie wirken autosuggestiv! Ich zum Beispiel trinke neuerdings jeden Morgen ein Gläschen »Pure Lebensenergie«, nehme zehn Tropfen Drachenblut und erst dann meine Immun44-Tabletten, das Magnesium und das Serotonin. Meine Halsketten wähle ich längst nicht mehr nach der Kleidung, sondern ausschließlich nach der angeblichen Wirkung der einzelnen Steine aus: Blockadenlösung, Besänftigung, Kreativität, Stoffwechsel, Beziehungsförderung, Lebenslust, Sommerfreude, Kommunikationsförderung und so weiter. Ich besitze inzwischen 17 entsprechende Halsketten (was ungefähr dem Preis von zehn Gramm Schwarzem Afghanen entspricht). Vor dem Arbeiten lege ich manchmal bis zu vier Ketten an und sprühe mich von oben bis unten mit dem Spray »Lebenslust« ein. Dazu ein Duftaroma – Schmetterlingsleichtigkeit, Konzentration, innere Ruhe – und schon arbeite ich unter fast allen Umständen. Im allerschlimmsten Notfall nehme ich meinen eigenen Geheimmix aus verschiedenen Substanzen zu mir, den ich natürlich nicht verrate, weil er sonst ja nicht mehr geheim ist. Ich könnte natürlich hier am See auch jeden Tag die Arme ausstrecken und die Sonne und den neuen Tag begrüßen, die Fünf Tibeter machen oder autogenes Training. Oder mir hundertmal leise vorsagen: Mein Selbstvertrauen ist unerschütterlich wie ein Fels. Oder: Der Erfolg ist mir sicher. Oder: Ich erreiche meine Ziele mühelos. Oder: Kein Nachteil ohne Vorteil. Oder: Jede Zelle meines Körpers ist glücklich. Hinsichtlich des positiven Denkens gibt es da keine Begrenzungen. Aber das ist mir zu anstrengend und auch zu zeitaufwendig. Bevor ich mir das alles hundertmal vorgesagt habe, habe ich schon einen ganzen Roman geschrieben.

Bruno, der übrigens von Südtirol wieder zurück ist (drei Tage Dauerregen), nimmt keine Tabletten. Außer seine Bluthochdruck-, seine Cholesterin- und seine Antithrombosetabletten. Und zwischendurch ein paar Aspirin Plus C, weil sie durchblutungsfördernd sind und angeblich, regelmäßig genommen, herzinfarktvorbeugend wirken. Magnesium nimmt er auch ab und zu und Calcium. Aber sonst: Gar nichts. Zumindest nichts Stimmungsaufhellendes. Er besitzt auch weder Ketten noch Lebenslustsprays, und Drogen lehnt er kategorisch ab. Ich habe den Verdacht, dass Brunos Droge die Technik ist. Da ist er stets auf jedem Gebiet auf dem neuesten Stand: Fotokamera, Filmkamera, Handy, Computer, Laserdrucker, Faltbootaustattung und so weiter. Neulich morgens, als Bruno einmal ausnahmsweise länger geschlafen hat als ich, habe ich heimlich in seine zwei Aluminiumkisten geschaut, die er diesmal dabei hat. Die Funktion der meisten Gerätschaften habe ich gar nicht erkannt, eher noch die mechanischen als die elektrischen oder elektronischen. Aber den elektrischen Batterieprüfer habe ich erkannt, den Konverter, einen Spannungsregler, ein Laserstrahl-Messgerät, einen kleinen Lötkolben, eine beachtlich große Säge, eine Zeckenpinzette (es gibt zurzeit gar keine Zecken), eine Verbandsschere, natürlich auch einen vollständigen Verbandskasten, eine

Gartenschere, acht AA-Batterien, acht AAA-Batterien, verschiedene Verlängerungskabel, Verteiler, vier Gaskartuschen und eine Gaslampe, Zangen verschiedener Größe, ebenso verschieden große Schraubenzieher, Nägel, einen kleinen und einen größeren Hammer und so weiter. Ich glaube, das ist Brunos Version des positiven Denkens: Die Sicherheit zu haben, dass für alle Eventualitäten das richtige Gerät zur Hand wäre, auch wenn man es dann gar nicht braucht oder, sollte man es brauchen, manchmal nicht anwenden kann. Weil leidenschaftlicher Bastler ist Bruno ja nun wirklich nicht. Er repariert im Grunde auch nicht gerne. Er hat nur gerne alles dabei. Sollte er negativ gestimmt sein, geht er runter zu den Booten und hängt sie um. Dafür hat er kiloweise Leinen verschiedenster Dicke dabei. Bruno ist, seit er von Südtirol zurück ist, urplötzlich gar nicht mehr negativ, sondern absolut positiv gestimmt, was möglicherweise – weiß man's? – auch dadurch mitbestimmt ist, dass er nun alle möglichen Geräte dabei hat, während er vor seinem Südtirolausflug selbst nichts dabei hatte und ausschließlich auf Karlas und Sigis Werkzeug angewiesen war. Ja, so verschieden sind die Menschen! Mich zum Beispiel deprimiert technisches Zubehör. Ich bin der Typ, dem es Freude bereitet zu reduzieren: So viele Kleider wie möglich in einer so großen Tasche wie nötig. Seidenkleider, weil sie sich auf Millimeterhöhe zusammenlegen lassen, Seiden- und organic Baumwollhemden und -hosen ebenfalls. Ich glaube, die einzigen Raum fordernden Kleidungsstücke, die ich mithabe, sind meine

Jeans sowie meine Fleece- und Windjacke für kühle Tage und die Bergschuhe. Nie im Leben würde ich wie Bruno zwei Bademäntel einpacken, die allein schon eine große Sporttasche füllen. Ich nehme nicht einmal einen Bademantel mit. Ich würde auch keine wattierte Hose mitnehmen – zu viel Platzverschwendung! Auch meine Schuhe sind im Gegensatz zu denen Brunos (ein großer Plastiksack mit Bergschuhen, Tennisschuhen, Stadtschuhen, Hausschuhen, Badeschlapfen, Badesandalen und Surfschuhen) leicht unterzubringen: Flipflops, Wandersandalen mit biegbarer Gummisohle und Gummibadeschuhe. Aber ich habe ja meine Ketten, Sprays, Drogen und Tabletten. Bruno nur sein Hab und Gut. Jeder muss auf seine Weise versuchen, über die Runden zu kommen. Willi scheint es mit Naturmaterialien zu schaffen. Er legt sein garantiert sehr preiswertes rosa Notizbuch sogar in den Regen, damit die auf einem Blatt verteilte rote Erde verwischt und Formen und Schlieren bildet. Die Weltenurschlange, ein Baumstamm, den er mit Brunos Anhänger von irgendwoher zu seinem Haus geschleppt und mit Brunos Säge und mit Katharinas Curry, Paprika und griffigem Mehl bearbeitet hat, bis sie nun grimmig über das Land starrt, stimmt ihn positiv. Auch die Maske, die er aus Baumrinde und Katharinas glattem Mehl gestaltet hat. Wenn er sie nachts aufsetzt und damit um die Ecke kommt und alle schreien entsetzt auf, dann lacht er. Trotzdem glaube ich nicht, dass er es aus reinem Sadismus tut. Ich habe vielmehr den Verdacht, dass Willi außerordentlich sparsam ist. Er raucht nur selbst gedrehte Zigaretten der billigsten Tabaksorte. Sein Lieblingsessen ist Kartoffelgulasch mit Braunschweiger, die dir ja heute in den Supermärkten umsonst nachgeschmissen werden. Zum Friseur geht er praktisch nie und die Grundausstattung seiner Hosen und T-Shirts ist eigentlich immer gleich: Ein schwarzes T-Shirt mit der Aufschrift »Held der Arbeit«, ein rotes Che-Guevara-Leiberl, ein weißes T-Shirt mit Sichel und Hammer und drei oder vier blau-weiß oder rot-weiß quer gestreifte Fischerleiberl. Dazu zwei oder höchstens drei Hosen, eine uralte braune Lederjacke, den grauen Anorak im Winter, einen Hut mit einer Auerhahnfeder. Nicht dass Willi jetzt direkt geizig wäre. Aber ich glaube trotzdem, dass er letztlich aus finanziellen Gründen mit Naturmaterialien und ausgesondertem Hausrat arbeitet. Und da freut er sich dann natürlich, wenn er sieht, wie ich meine teuren Kohle- oder Copex-Stifte, Acryl-, Aquarell- oder gar Ölfarben verschwende, während er umsonst oder höchstens für ein bis zwei Euro (Mehl, Paprikapulver und Curry) die furchterregendsten Plastiken schafft, wie sie sonst nur Urvölker zur Abwehr diverser böser Geister herstellen. Er selbst ist deshalb immer guter Laune, obwohl seine verbalen Äußerungen durchwegs negativer Natur sind. Aber mit denen verhält es sich womöglich wie mit seinen furchterregenden Kunstwerken. Sie halten die bösen Geister von ihm fern. Katharina ist eigentlich fast immer positiv eingestellt, obwohl sie außer Parkemed kein einziges Medikament verträgt und kaum etwas trinkt außer einem Schluck

Aperol mit Wasser und Radler mit Grapefruit oder Zitrone. Gut, sie raucht ziemlich viel, aber vom Rauchen allein wirst du heutzutage auch nicht mehr glücklich. Weil man dich als Raucher ja praktisch überall mobbt. Vielleicht schafft sie es mit den Orakeln, die sie immer dabei hat. Das sind runde Scheiben, auf denen alle möglichen Tipps stehen, wie du dich in welcher Situation verhalten sollst. Dann fragst du das Orakel etwas und, ich weiß auch nicht, drehst die Scheibe oder suchst dir einfach die passende Antwort aus, die bei einem Orakel immer eine kryptische Antwort sein muss, und interpretierst sie dann in deinem Sinne. Und genau da kommt es dann natürlich wieder ganz auf die positive Einstellung an. So einen Orakelspruch kannst du positiv oder negativ interpretieren. Da hilft es dann oft, wenn du konsequent davon ausgehst, dass es keinen Nachteil ohne Vorteil gibt. Katharina befragt auch für ihre Tochter das Orakel und interpretiert es dann positiv. Aber ich glaube, ihre Tochter braucht gar kein Orakel. Wenn sie sich negativ gestimmt fühlt, wäscht sie einfach das Geschirr ab oder räumt die bei Katharina und Willi oftmals chaotische Wohnung auf oder wischt den Boden. Im Notfall sortiert sie den Kühlschrank, in dem niemand mehr etwas findet, neu und im äußersten Notfall legt sie sich hin und schläft. Danach ist sie wieder ausgeglichen. Ich beneide sie oft wegen ihrer Ausgeglichenheit. Wenn ich einmal Hand an den Haushalt lege, ist meistens das Gegenteil der Fall. Ich fange irgendwo an und stelle nach kürzester Zeit fest, was sonst noch alles getan, repariert, geputzt, weggeworfen (Lebensmittelmotten) oder umsortiert werden müsste und augenblicklich befällt mich eine bleierne Müdigkeit gekoppelt mit Kopfschmerzen, sodass ich mich am Ende schlaflos hinlegen und zwei Aspirin nehmen muss. Leider ergeht es Bruno im Haushalt nicht anders. Nur dass er sich am Detail festbeißt. Beispielweise putzt er statt den verdreckten Herd die feinen Rinnen zwischen Arbeitsplatte und Aluminiumrand, was mir nicht auffällt, weshalb ich ihn dann auffordere, auch einmal etwas im Haushalt zu tun und den verdreckten Herd zu putzen. Das baut naturgemäß nicht gerade auf. Naja, Bruno und ich haben ja stattdessen technische Geräte (er) und Ketten, Sprays, Drogen und Tabletten (ich). Was die positive Einstellung betrifft, muss eben jeder seinen eigenen Weg finden. Karla am Badesee googelt stundenlang neue Rezepte, Sigi zieht seine persönliche Genugtuung aus der Tatsache, dass er, obwohl kaum etwas von ihm veröffentlicht ist, unverdrossen die besten Kurzgeschichten weltweit schreibt, Rudi hat sein beziehungsweise Francas Schloss, Franca hat ihre Kongresse überall auf der Welt, Hans und Maria wandern, Mandi ist von Grund auf (die Gene?) positiv eingestellt, und Else zieht ihre positive Kraft aus der Überwindung ihrer diversen Arm-, Bein- und Schambeinbrüche.

Der neueste Trend in der Esoterik ist, zu dem oder der – meistens aber der – EnergetikerIn zu gehen. Der oder die EnergetikerIn gibt dir Energie. Woher er/sie die hat, weiß kein Mensch, vielleicht kommt die viele

Energie aus der Freude über das so einfach verdiente Geld. Immerhin kostet eine Dreiviertelstunde um die 80 Euro, und du brauchst keine teure Ausbildung dazu. Es reicht vollkommen zu behaupten, Energie zu haben und sich rar zu machen. Das beste Rezept ist, Kunden auf eine Warteliste zu setzen und erst in drei Monaten zu behandeln. Die freuen sich dann so, endlich einen Termin bekommen zu haben, dass die Energie praktisch von selbst fließt. Bei dem oder der EnergetikerIn wirst du dann nicht nur energiemäßig aufgeladen wie eine Batterie, sondern du kannst auch all deine Probleme wie bei einem Psychologen besprechen und wirst dann durch die viele Energie, die dir der oder die EnergetikerIn zukommen lässt, in die Lage versetzt, deine Probleme sozusagen ohne nachzudenken spielerisch zu lösen. Das gefällt natürlich jedem. Meine Fußpflegerin ist auf diese Weise instand gesetzt worden, ihren um zwanzig Jahre jüngeren Freund, von dem sie immer Angst hatte, verlassen zu werden, selbst zu verlassen. Durch die viele Energie, die sie durch ihre EnergetikerIn geladen hatte, ist es ihr dann sogar gelungen, kurz danach einen fünfundzwanzig Jahre jüngeren Mann sozusagen an Land zu ziehen. Eben durch die positive Einstellung, die so ein Energieschub bewirkt.

Man könnte natürlich in der positiven Einstellung immer noch weiter gehen. Man könnte weg vom kleinlich Privaten ins allgemein Politische gehen. Man könnte mit Churchill sagen: Wenn es um sechs Uhr früh an meiner Tür läutet und es ist der Milchmann, weißt du, dass du in einer Demokratie lebst. Das wäre positiv. Nur dass kein Milchmann der Welt um sechs Uhr früh an deiner Tür läutet. Falls es überhaupt irgendwo Milchmänner geben sollte. Mir ist jedenfalls in meinem ganzen Leben keiner begegnet. Man könnte sagen: Wir leben in der besten aller Welten. Aber woher weiß ich, wie viele Welten es gibt? Die Quantenphysik spricht ja sogar von Parallelwelten, in denen eine Katze sowohl lebt als auch tot ist. Oder man schlägt sich auf die Seite des Darwinismus: Der Schwächere muss überall in der Natur unterliegen, der Stärkere überlebt. So könnten wir quasi in Einklang mit der Natur überleben und die Schwächeren ringsum verrecken lassen. Nur, dass die Schwächeren ja gar nicht schwächer sind. Wie jeder weiß, sind uns die Inder sowohl in der Entwicklung als auch in der Produktion der Software bereits überlegen. Die Chinesen zahlenmäßig. Die Afrikaner laufen einfach schneller als wir. Die Albaner sind uns durchschnittlich an Körperkraft weit überlegen, die Finnen halten mehr Hitze in der Sauna aus, die Araber haben die ältere Kultur, die Franzosen sind besser gekleidet, die Italiener stellen die bessere Pizza her, die Lateinamerikaner tanzen besser und die Filipinos und die Thailänder sind fruchtbarer als wir. So gesehen müssten eigentlich wir aussterben. Und selbst wenn es wahrscheinlich dazu kommen wird, haben wir ja gesehen, was die negative Einstellung anrichtet: keine Ruhe, kein Platz, keine Zeit, kein Sex, keine Lebensfreude. In Folge unseres ganz persönlichen Überlebenswillens bleibt uns nun einmal nichts anderes übrig, als einverstanden zu sein mit dem globalen Kapitalismus, der die Schwächeren (also uns) bevorzugt und die Stärkeren (alle anderen) ruiniert. Wir könnten uns sagen: Ja, wir haben es in Europa geschafft, fast alle Grenzen abzubauen, und müssen nicht mehr mühsam unser Geld in andere Währungen umtauschen, wenn wir reisen. (Außer wir sind Flüchtlinge.) Wollen wir nach Amerika einreisen, müssen wir nicht einmal mehr vorher den langen Fragebogen, unsere politische Einstellung und gesundheitliche Situation betreffend, ausfüllen und zur amerikanischen Botschaft schicken. (Außer wir sind Muslime.) Wir sind durch das Internet mit der ganzen Welt verbunden und müssen keine Zeit mehr verschwenden mit Briefschreiben, Brief in ein Kuvert stecken, beschriften, mit Marke versehen und zur Post tragen (außer wir haben mit dem Gericht oder der Polizei zu tun), sondern können unsere Zeit sinnvoller nutzen, indem wir zum Beispiel Krimis lesen oder Sachbücher oder eine der Endlosserien im Fernsehen von Anfang bis zum bitteren Ende verfolgen. Unsere Kleidung wird immer billiger, weil sie nicht teuer in Europa, sondern fast umsonst in Bangladesch hergestellt wird, ebenso unsere Nahrung. Zum Beispiel die Nordseekrabben, die in Norddeutschland geerntet, in Marokko in Kühlhäusern gepuhlt – die Afrikaner sitzen mit Anoraks, Mützen und Handschuhen bei der Arbeit – und dann in Holland verpackt werden, bevor sie in unseren Supermärkten zum Aktionspreis verkauft werden: Zwei Packungen Nordseekrabben zum Preis von einer. Oder wer hat schon vor zwanzig Jahren Orchideen im Wohnzimmer stehen gehabt? Bei Bellaflora kriegst du sie für 9,90 Euro. Oder Bananen, wegen deren Mangel der Kommunismus weltweit zusammengebrochen ist und die heute wegen des Überangebots kein Mensch mehr essen will: 99 Cent das Kilo! Wir können, sofern es uns nicht auf den Geschmack ankommt, in den Supermärkten so gut wie alles billigst erwerben, und wenn es uns auf den Geschmack ankommt, müssen wir halt in den Biomärkten oder Gourmetgeschäften das Zehnfache zahlen.

Auch was die Erhaltung unserer Gesundheit betrifft, stehen uns alle Möglichkeiten offen: Ski Fahren, Skitouren gehen, Schneeschuhwandern, Langlaufen, Snowboarden, Skispringen, Eisstockschießen, Nordic Walken, Joggen, Sportgehen, Freeclimben, Schwimmen, Surfen, Kitesurfen, Stand up Paddling, Rafting, Canyoning, Segeln, Paddeln, Rudern, Wellenreiten, Wasserskifahren, Turnen, Jumping, Bungee Jumping, Sportfliegen, Segelfliegen, Fallschirmspringen, Paragleiten, Fahrradfahren, Biken, Mountainbiken, Rollschuhfahren, Rollerblade fahren, Segway fahren, Skateboard Fahren, elektrisches Skateboard Fahren und so weiter und so fort. Wer keine Zeit hat für aufwendige Sportarten in der Natur, geht ins Fitnesscenter, wo er sich täglich eine halbe Stunde an Geräten abarbeitet (Freeletics, Crawling, CrossFit, Bootcamp, Floating Fitness), bis er Muskeln hat wie Arnold Schwarzenegger.

Für mich ist das alles nichts. Außer Schwimmen und

Paddeln. Im Sommer ist das kein Problem. Ich schwimme und paddle in der Lagune von Venedig, in Sigi und Karlas Badesee oder im Lago Maggiore. Das Problem ist der Winter. Weil im Winter lassen die Kräfte des älteren Menschen naturgemäß nach. Kälte und Nässe schwächen das Immunsystem. Und schon bist du ununterbrochen verkühlt, hast eine Blasentzündung nach der anderen, hustest, hast Halsweh, Fieber, liegst im Bett herum, was wiederum Kreislauf und Stoffwechsel, also das Immunsystem schwächt, bis du am Ende nicht einmal mehr vor die Tür gehen möchtest. Da hilft nur rechtzeitiges Training. In meinem Fall Schwimmen im Hallenbad. Und da sind wir schon wieder beim eigentlichen Problem: Platzmangel. Du kannst ins Schwimmbad gehen, wann du willst, gleich nachdem es öffnet, vormittags, in der Mittagszeit, kurz nach der Mittagszeit, nachmittags, abends kurz vor Bäderschluss, es wird immer überfüllt sein. So ein Schwimmbecken kann nämlich auch mit zehn Menschen bereits überfüllt sein. Das kommt ganz darauf an. Ich zum Beispiel habe ein Hallenbad gleich bei mir um die Ecke, das in einer Umgebung liegt, in der viele Pensionisten wohnen. Frag nicht, was da los ist. Heute ist so ein Pensionist ja sagenhaft rüstig, da stehen, wenn du zehn Minuten vor Bäderöffnung an der Kasse stehst, bereits Schlangen von männlichen, braun gebrannten, Muskel bepackten Siebzig- bis Achtzigjährigen, die sich die Bräune im vergangenen Sommer im Freibad, wo sie bereits Dauerkabinen zum Seniorenpreis gemietet hatten, und die Muskeln durch das verbilligte Jahresseniorenticket im Fitnesscenter erworben haben. Die meisten weiblichen Pensionisten kommen etwas später, sind ebenso braun, haben aber keine Muskeln. Da die Kasse punkt neun Uhr öffnet, kannst du dir zehn Minuten lang die frauenfeindlichen Witze der Pensionisten, die sich selbstverständlich von den täglichen Freibadbesuchen im Sommer her alle kennen, anhören. Dann geht das Gerenne nach der besten Umkleidekabine los. So schnell wie die Pensionisten die besten Kabinen besetzt haben, wo sie sich in Windeseile umziehen, kannst du als Aktiver (ein Schriftsteller geht nie in Pension) gar nicht sein. Kommst du beim Schwimmbecken an, sind bereits alle Bahnen belegt. Und beim Schwimmen merkst du dann doch den Unterschied zwischen einer Sechzigjährigen und den Siebzig- beziehungsweise Achtzigjährigen. Sie schwimmen einfach langsamer, machen mehr Wellen und schnaufen ungeheuerlich. Das wollen sie aber nicht zugeben, weshalb sie mit allen Mitteln verhindern, dass du sie beim Schwimmen überholst. Also schwimmst du hinter den schnaufenden, dir das Wasser ins Gesicht schaufelnden, langsamen Achtzigjährigen her und hoffst, dass sie nach kürzester Zeit aus Konditionsmangel und Überforderung aufgeben. Was auch meistens der Fall ist. Nur, dass dir das gar nichts nützt. Weil eine halbe Stunde nach Bäderöffnung kommen die weiblichen Pensionisten ins Wasser, und das ist noch schlimmer. Die oftmals recht dicken, unbeweglichen Pensionistinnen haben nämlich offenbar auf den zahlreichen Kuren, die sie in ihrem Leben absolviert haben, das Wassergehen gelernt. Eine Modeerscheinung! Sie kommen stets zu zweit oder zu dritt mit einem Luftpolster im Rücken ins Becken und gehen zu zweit oder zu dritt nebeneinander her durchs Wasser – manche haben Gewichte in der Hand –, wobei sie sich angeregt unterhalten. Im Wasser gehen ist ja bei Weitem nicht so anstrengend wie im Wasser schwimmen, weshalb sie eine ungeheure Ausdauer haben und oftmals zwei Stunden ununterbrochen redend durchs Wasser kriechen. Willst du schwimmen, musst du entweder jedes Mal einen Bogen um die Wassergeher schwimmen oder auf die ganz linke Bahn ausweichen, wo dann die wirklich fitten Frühpensionisten kraulen oder Schmetterlingsschwimmen praktizieren, die du dann deinerseits behinderst. Vergnügen ist das keines.

Aber, wie ich schon angedeutet habe: Alles hat seinen Preis. Im realen wie im übertragenden Sinne. Die Natur verkommt zur Riesensportanlage, die Ernährung zur Billigvöllerei oder zur Haubendiät, Bewegung zu Training, der Seelenzustand zum chemischen Design, die Wahrnehmung zur Projektion, Glück zur Suggestion, Trauer zur seelischen Arbeit, manuelle Arbeit zum Armutszeichen, geistige Arbeit zum Hobby, Problemlösung zum Studium von Ratgeberliteratur, Philosophie zu Esoterik, Geschichte zur rückwärtsgewandten Wahrsagerei, Wirtschaft zur Profitmaximierung, Liebe zu Sex, Jugend und Alter zur Belastung, Freiheit zu Konsum, Leben zur Verdrängung. Und das alles kostet auch noch eine Stange Geld.

Gott sei Dank hat mir Josefine von Murakamis wunderbarem autobiographischen Buch *Von Beruf Schriftsteller* erzählt. Das heißt, sie hat eigentlich nur erzählt, dass Murakami der Meinung sei, ein verfetteter Mensch könne nicht Schriftsteller sein. Ich habe das Buch gleich gekauft. Seit ich zu rauchen aufgehört habe, habe ich sechs Kilo zugenommen. Also: Sofortiges Trainingsprogramm! Und da hat es sich dann herausgestellt, dass es doch nicht so gut war, Murakami zu lesen und vor allem sein Foto auf der Titelseite des Buches genau anzusehen. Der Mann ist achtundsechzig Jahre alt. Er sitzt (auf dem Boden?) ohne Lehne im Rücken und legt beide Arme lässig auf sein linkes, angezogenes Bein. Auf den ersten Blick wird klar, der Mann ist topfit. Sonst kannst du mit achtundsechzig Jahren gar nicht so locker dasitzen wie Murakami. Sitzt Murakami aber so locker wie ein Fünfunddreißigjähriger auf dem Boden, hat er sein Leben lang trainiert. Das ist lobenswert. Die meisten Schriftsteller bei uns vernachlässigen ja ihren Körper aus Disziplinlosigkeit vollkommen. Da ist der Japaner schon anders gepolt. Murakami läuft jeden Tag eine Stunde. Oder er schwimmt eine Stunde. Ich bin dreiundsechzig und habe nicht mein Leben lang trainiert. Ich habe nachzuholen. Also erhöhe ich mein Sportprogramm. Jeden Tag mindestens eine Stunde schwimmen, eine Stunde gehen (ich hasse Laufen) und eine Stunde Fahrrad fahren. Bereits am dritten Tag ist es passiert: Ein Stich in der rechten Leiste. Ich schwimme noch weiter, bemerke aber bereits eine Stunde später, wieder am Schreibtisch sitzend, eine gewisse Verspannung in Rücken und Nacken. Am Abend beim Abendessen bin ich bereits steif. Karla, Sigi und Bruno grinsen. Am nächsten Tag hinke ich. Ich führe die Schmerzen darauf zurück, dass ich beim täglichen Brustschwimmen ohne Schwimmbrille den Kopf nicht unter Wasser tauche, weil ich meine Haare nicht durch tägliches Nasswerden und anschließendes Föhnen austrocknen und damit ruinieren will. Ich müsste sie ja obendrein ständig nachfärben, weil sie im Wasser Farbe verlieren. Ein Blick auf Murakamis Titelblatt genügt: kurze Haare. Ein Mann müsste man sein. Ungefärbt. Ich will keine kurzen ungefärbten Haare. Kommt nicht infrage! Oder ist das zu eitel? Geht nicht die Gesundheit vor? Vor allem, wenn man Murakami liest, der ja behauptet, ein Schriftsteller müsse besonders fit sein. Und das Schlimmste: Ich glaube, er hat recht. Unlösbares Problem. Ich schwimme am nächsten Tag auf dem Rücken, Kopf unter Wasser, Rücken gerade gestreckt, beide Arme gleichzeitig in ausholender Bewegung rückwärts. Ich spüre richtig, wie gut das dem Rücken tut. Bereits vier Stunden später kann ich meine Arme nicht mehr heben. Besonders den linken. Es fällt mir jetzt erst auf, dass ich eigentlich schon, seit ich hier am See lebe, schreibe und schwimme, beim Aufstehen in der Früh ein Ziehen im linken Arm spüre, das aber im Laufe des Tages wieder vergeht. Jetzt hängt der Arm wie gelähmt an mir herab und schmerzt. Am darauffolgenden Tag muss ich liegen bleiben, weil ich mich praktisch nicht mehr bewegen kann. Am übernächsten Tag also Seractil, Sirdalud, im schlimmsten Fall Tramabene, und auf an den Schreibtisch. Untrainiert, mit Schmerzen. Mehr als drei oder höchstens vier Stunden sind nicht drin, ich kann weder schwimmen, Fahrrad fahren noch gehen, sondern falle nach der Arbeit ins Bett und spüre, wie mich das kränkt!

Willi hatte grauen Star und konnte nachts nicht mehr Auto fahren. Auch sonst hat er unscharf gesehen, oftmals mit einem dunklen Fleck im Gesichtsfeld. Da fehlt dir ja als Schriftsteller oft ein ganzer Absatz. Also hat er sich lasern lassen. Keine große Sache, hat es geheißen, hinterher siehst du wieder glasklar. Willi nicht. Über alles, was er sieht, kriechen jetzt schwarze Punkte wie kleine Käfer von links nach rechts über das Sichtfeld. Davon bekommt er Migräne, kann nicht mehr als etwa eine halbe Stunde lesen, schreiben oder am Computer arbeiten. Eine Katastrophe für einen Schriftsteller. Er liest jetzt täglich zwei Seiten Marina Abramović *Durch Mauern gehen*.

Bruno hat gar nichts. Das heißt, außer Diabetes, Bluthochdruck und Allergien gegen so ziemlich alles. Aber das beeinträchtigt ihn nicht wesentlich. Höchstens dass daher seine Depressionen kommen. Josefine übrigens auch. Ich meine jetzt: keine Beschwerden, obwohl sie sportlich gesehen so gut wie gar nichts tut. Sie hat einen Whippet (weiß), mit dem sie täglich spazieren geht. Sie nimmt ihn übrigens auch in einer sehr eleganten, wenn auch ziemlich großen Tasche mit Löchern ins Konzert mit. Offensichtlich hat das noch niemand bemerkt oder niemand wagt es, Josefine von irgendeinem ihrer Vorhaben abzuhalten. Josefine fährt außerdem neuerdings mit dem Fahrrad eine viertel Stunde ins Moor, wobei der Whippet neben ihr herläuft. Mehr tut sie nicht körperlich. Im Moor gräbt ausschließlich Gerfried, der davon einen Bandscheibenvorfall hat.

Hans ist an sich sehr empfindlich. Hat er nicht genug geschlafen, tut ihm der ganze Leib weh. Auch vom Trinken von mehr als einem Viertel Wein. Schwimmt er, hat er gleich eine Blasenentzündung. Andrerseits ist er sein Leben lang Marathons gelaufen. Schwächt das? Und woher hatte er eigentlich die Kalkschulter? Na ja, wie bei uns allen: vom Verschleiß. Wir alle verschleißen langsam. Maria auch. Bei ihr ist es die Hüfte. Eine sagenhafte Gemeinheit. Sie hat sich ihr Leben lang ohne zu übertreiben sportlich betätigt, ist jahrzehntelang mit dem Fahrrad in ihre psychologische Gemeinschaftspraxis gefahren, an Wochenenden mit Hans gewandert, die beiden fuhren regelmäßig am Stausee Kanu, und Maria geht sogar zwei Mal in der Woche zum Kieser-Training. Trotz alledem (oder gerade deshalb?): Verschleiß! Sigi auch. Ohne Kieser-Training. Sigi lässt sich nichts anmerken. Er ist ein sehr tapferer Mensch. Außer es reicht ihm. Dann tritt er mit dem Fuß gegen die Tür. Er hat sich auf diese Weise bereits einmal einen Zeh gebrochen. Beim Skifahren hat er sich einmal das Schlüsselbein gebrochen, außerdem hatte er bereits einen Leistenbruch (vom Schleppen frischer Erde an den Badesee?), hat ständige Schulterprobleme und Arthritis in den Händen. Das hindert ihn aber an gar nichts. Karla hindert ihre zarte Wirbelsäule schon. Sie darf nichts Schweres tragen und hat trotzdem ständig Rückenschmerzen. Dabei ist sie erst vierundvierzig Jahre alt. Schützt auch Jugend nicht vor Verschleiß? Franca ist neunundvierzig, hat Diabetes und fällt manchmal ins Koma. Trotzdem taucht sie auf den Malediven. Auch sie ist der absolut tapfere Typ. Klagt nie. Eigentlich müsste sie ganz regelmäßig leben und essen und turnen. Kann sie aber nicht. Sie ist ja ständig unterwegs. Wie soll sie sich in Liberia, Tokio, Frankreich oder Amerika denn regelmäßig und gesund ernähren oder turnen? Unmöglich, sagt sie.

Rudi ist seit Jahrzehnten magenkrank.

Mandi hat nichts. Außer Knieprobleme vom Fußball- oder Handballspielen. Obwohl er operiert wurde, hindert ihn das Knie jetzt am Laufen. Von Elses diversen Brüchen habe ich schon berichtet. Ihre einzige Bewegungsart ist jetzt mit Walking-Stöcken um den Elstersee zu walken. Auf Betonband und schnurgerade. Ich glaube nicht, dass das wirklich trainiert. Abnehmen wird sie davon auch nicht wirklich. Ja, wir werden alle nicht jünger!

»Roberto Benigni sagte, er freue sich schon auf das Sterben und hebe es sich deshalb bis ganz zum Schluss auf«, sagt Bruno. Ich kenne von Benigni ja nur das Zitat: »Sterben mag ich nicht. Das ist das Letzte, was ich tun werde in meinem Leben«, aber Bruno behauptet steif und fest, in »Wetten dass...« mit Thomas Gottschalk

Roberto Benigni gesehen zu haben, wie er von ganz hinten in der Sendehalle über die Sitzreihen sämtlicher Zuschauer geklettert sei, und, bei Gottschalk angekommen »Ich freue mich schon auf das Sterben, deshalb hebe ich es mir bis ganz zum Schluss auf«, gesagt habe. Beziehungsweise habe es der Übersetzer bei Gottschalk so übersetzt. Benigni habe naturgemäß italienisch gesprochen. Aber egal, ob Benigni gesagt hat, dass er sich schon aufs Sterben freue und es sich deshalb bis ganz zum Schluss aufhebe oder ob der Übersetzer es falsch übersetzt hat, Benigni hat auf jeden Fall recht. Ein letztes Abenteuer, dann ist Schluss. Schluss mit all dem Betrug, Schluss mit dem Platzmangel. Das heißt, streng genommen eigentlich nicht. Die Krankenhäuser und Hospize sind überfüllt, da kommst du noch als Sterbender auf eine Warteliste. Hast du dann endlich einen Platz, musst du womöglich mit drei anderen Sterbenden im Zimmer sterben. Von den Friedhöfen ganz zu schweigen, wenn du erst einmal tot bist. Deshalb lassen sich ja die meisten Menschen heute verbrennen. Weil sie einfach keinen Platz auf dem Friedhof mehr bekommen. Gut, du kannst dann immer noch in einer Urne begraben werden, die an den Wurzeln eines Baumes eingegraben wird, am besten eines Obstbaumes, sodass deine Asche den Baum düngt und deine Enkel noch von dem mit deiner Asche gedüngten Baum Äpfel oder Zwetschken essen können, aber das kostet natürlich einiges. Wenn du gar ein Mausoleum oder sonst ein geräumiges Grab möchtest, in dem vielleicht deine Familie auch noch Platz hat, oder gute Freunde, so sie wollen, dann musst du rechtzeitig zu sparen anfangen. Ich habe eine Dokumentation im Fernsehen gesehen, da hat sich eine Gruppe Freunde zusammen ein geräumiges Mausoleum gekauft, in dessen Begräbnisnischen gute Weine eingelagert waren. Vor dem Mausoleum haben sie Biertische aufgestellt, und beim Tod jedes Freundes wurde die Flasche Wein, die in der Nische lag, in der der gute Freund dann begraben wurde, feierlich getrunken. Die restlichen Wochenenden, an denen keiner der guten Freunde gestorben war, haben sie Bier getrunken, das kistenweise im Mausoleum herumstand. Bei Regen oder Schnee lassen sich die Biertische schnell ins Mausoleum tragen und schon geht's weiter. Das macht natürlich Spaß, solange die meisten Freunde noch leben, aber wenn du am Ende der einzige Überlebende bist und Wochenende um Wochenende vor oder in dem Mausoleum alleine dein Bier trinkst, dann hört der Spaß wahrscheinlich auf.

Da gehen viele Völker platzsparender vor. Die Inder verbrennen ihre Toten und streuen die Asche in den Ganges, was nur spirituell von Nutzen ist, da die Inder ja im Ganges auch baden und Zähne putzen. Die Krypta unter der Kirche Santa Maria della Concezione dei Cappuccini in Rom ist mit den Knochen der verstorbenen Kapuzinermönche gestaltet. Selbst die Lampen und kunstvolle Gitterabsperrungen sind aus Knochen zusammengesetzt. Die Hallstätter haben nur die Schädel aufgehoben und dann bunt bemalt übereinandergestapelt. Ein Indianerstamm soll die zermahlenen Knochen seiner Verstorbenen mit Hirse vermischt auf Felsen streichen, damit die Adler und Geier sie fressen. Die Tibeter zerteilen die Leichen und lassen sie in der sogenannten Himmelsbestattung dann von den Geiern, die vorher angelockt wurden, fressen.

Aber nicht nur mit ihren Toten, auch mit den Sterbenden gehen andere Völker radikaler um. Besonders, wenn ein Volk oder ein Stamm von Hungersnot bedroht ist oder zur Nahrungsbeschaffung weiterziehen muss, sind die Alten und Sterbenden eine Belastung. Da kannst du froh sein, wenn du, sobald dir die Zähne ausfallen oder der Rheumatismus dich am Gehen hindert, nur auf den Totenberg gebracht wirst, dorthin, wo all die Gerippe der anderen Alten und Sterbenden liegen, die vor dir bereits auf den Totenberg gebracht wurden, und nicht in einem feierlichen Ritus erstochen, vergiftet oder erschlagen wirst. Dagegen ist der Altenmord der Inuits richtiggehend romantisch. Die Großeltern werden mit etwas Proviant auf eine Eisscholle gesetzt und schon treten sie ihre letzte große Reise an. Die Japaner sind noch sozialer. Da marschieren Oma und Opa, um die Familie nicht zu belasten, freiwillig auf die Berge in Eis und Schnee, um dort zu sterben.

Erfrieren soll ja eine der schönsten Todesarten sein. Es war in meiner Studienzeit in Salzburg meine Vorstellung, wenn ich den ganzen Wahnsinn unseres Lebens nicht mehr aushalten sollte, in einer Vollmondnacht mit der letzten Gondel auf den Untersberg zu fahren, im Rucksack Schlaftabletten und eine Flasche Rum, und dann so lange dort oben spazieren zu gehen und über das mondbeleuchtete Land zu schauen, bis die Tabletten und der Rum ihre Wirkung zeigen, ich mich in eine weiche Schneemulde kuschle und dort einschlafe. Das hätte auch den Vorteil, dass Eis und Schnee mich so lange konservierten, bis man mich fände und meine Eltern dann noch den zufriedenen Gesichtsausdruck sehen könnten, mit dem ich gestorben wäre. Alle anderen Arten zu sterben überzeugen mich nicht. Am ehesten noch das Ertrinken. Als ich nach dem Auflaufen eines Segelschiffes auf Uferfelsen ins Wasser sprang, durch die sich zurückziehende Brandungswelle unter das Schiff gezogen wurde und dachte, dass ich nun sterben müsste, entweder zwischen Schiff und Felsen am Meeresboden zerquetscht oder in der Schiffsschraube zermahlen, hatte ich keine Angst. Ich erzähle gerne, dass es unter dem Schiff ganz hell war, weil ja die meisten Todesnaherlebnisse von hellem weißen Licht handeln, das zum Schluss alles durchflutet habe, aber ich muss um der Wahrheit willen doch sagen, dass der Schiffsbauch schneeweiß gestrichen war und durch die diversen Schiffsbeleuchtungen Licht ins Wasser fiel. Außerdem bin ich nach knapp zehn Sekunden wieder an die Wasseroberfläche auf der Rückseite des Schiffes geschwemmt worden, sodass ich ja noch gar nicht in die Lage kam, keine Luft mehr zu bekommen oder die Lungen voll Wasser. Trotzdem erinnere ich mich heute noch an die wunderbare Ruhe, die mich überkam, als ich überzeugt war, nun sterben zu müssen. Keine Erinnerungen oder Verantwortungen oder Liebe konnten meine Ruhe durchkreuzen. Aber, wie gesagt, vielleicht wäre die Panik zwei Minuten später noch gekommen.

Abgesehen von dem eindeutig allerschmerzhaftesten Tod durch Verbrennen, scheint ja das Sterben ganz allgemein meist unangenehm zu sein. Röcheln, nach Luft ringen, vor Schmerzen schreien, sich krümmen und so weiter lassen nicht auf ein friedliches Ende schließen. Außer natürlich, du stirbst während des Schlafes wie mein Cousin, der alle Schmerzen bereits im Leben hatte, oder in deinem Schaukelstuhl sitzend und Zeitung lesend, wie mein Vater sich das immer gewünscht und wohl auch vorgestellt hat. Aber dann hat er Alzheimer bekommen und ist am Ende gekrümmt im Gitterbett des Pflegeheimes gelegen und hatte überall am Rücken offene Stellen. Ich glaube, dass die meisten schnellen Todesarten (tödlicher Herzinfarkt oder Schlaganfall, Autounfall, Milzriss, unerklärlicher plötzlicher Atemstillstand etc.) nur den zum Sterben zu jungen Menschen vergönnt sind, während die meisten alten Menschen siechen.

Maria sagt, auch das Sterben wird dir, so oder so, wie alles andere im Leben, nicht geschenkt. Und tatsächlich kenne ich von den Freunden oder Bekannten, die jung gestorben sind, keinen oder keine Einzige, bei dem oder der das Sterben schmerzlos gewesen wäre. Drei Selbstmorde, von denen einer am selbstgeknüpften Seil langsam erstickt ist und einer beim Sprung von einer Klippe fünfzehn Mal auf den Felsen aufgeschlagen ist. Bei

Christian, der mit achtzehn Jahren von einem Kran gesprungen ist, weiß ich es nicht. Sein Körper war jedenfalls, als er gefunden wurde, vollkommen zerschmettert. Drei Krebskranke, von denen Ela mit zwanzig Jahren zum Schluss nur noch gewimmert hat, dass sie endlich sterben möchte, ein junger Schriftsteller, der immer aggressiver geworden ist, bis man einen faustgroßen Tumor in seinem Kopf festgestellt hat, an dem er ein halbes Jahr später qualvoll gestorben ist, eine Schriftstellerin, die im Hospiz nur mehr lallen konnte. Ja, nicht jeder ist so mutig wie Benigni. In meiner Jugend dachte ich, dass ich, sobald ich eine positive Diagnose einer tödlichen Krankheit bekäme, sofort Selbstmord begehen würde. Heute bin ich mir nicht mehr so sicher. Ganz im Benigni'schen Sinne. Wenn ich schon das ganze Leben ertragen habe, wieso nicht das Sterben? Es wäre interessant, welche Morphine das Gehirn ausschüttet, wie sich die Wahrnehmung und in der Folge wahrscheinlich der eigene Charakter verändern, wen in meiner näheren Umgebung ich noch ertragen könnte und wen nicht, wie viele Schmerzen ich auszuhalten imstande wäre, ob, und wenn ja, was ich, nur liegend, weder lesend noch hörend noch sehend, dächte. Man weiß es ja nicht. Günther sagt, niemand müsse an sich schmerzvoll sterben. Allerdings gäbe es in den Krankenhäusern und Hospizen nicht mehr wie früher echtes Morphium oder Opium, sondern nur noch das weniger wirksame synthetisch hergestellte Morphium und Opium. Francas Schwester hat jedenfalls im italienischen Krankenhaus vor Schmerzen so geschrien, dass weder sie noch Rudi es ertragen haben und das Krankenhaus verlassen mussten.

Meine Mutter hatte mit ziemlicher Sicherheit keine Schmerzen. Sie hat im Gegensatz zu ihrem früheren Leben während ihres Siechtums stets gelächelt. Bruno kannte eine alte Christin, die ihr Leben lang karitativ tätig war – zum Schluss hatte sie ein Haus für Alzheimerpatienten geleitet –, die, als sie selbst die Diagnose Alzheimer erhielt, gespannt war, wie die Erkrankung, die sie ja als Heimleiterin nur von außen kannte, nun von innen erlebt aussehen würde. Aber dann ist sie noch vorher an Krebs gestorben. Bruno hat sie in ihren letzten Tagen besucht und erzählt, sie habe ihn seine Hand auf eine große Ausbuchtung auf ihrer Hüfte legen lassen. Das ist einer der Tumore, habe sie lächelnd gesagt. Dann seien sie zusammen in die Kapelle gegangen, wo sie Hand in Hand lange gesessen und den Kreuzweg betrachtet hätten.

Else sagt, sie glaube, dass jeder den Tod sterbe, den er verdiene. Aber das glaube ich nicht. Weder die zwanzigjährige Ela noch die 49-jährige Schriftstellerin noch die 42-jährige Schwester Francas haben den Tod verdient. Wodurch denn?

Vielleicht wäre es doch das Beste, zu einer Weltreise aufzubrechen, bevor es so weit ist. Noch einmal etwas von der Welt, in der man gelebt hat, sehen, bevor man stirbt: Mit der Österreichischen Bundesbahn von Linz nach Moskau, mit der Transsibirischen Eisenbahn von

Moskau nach Peking und dann mit der Transasiatischen Eisenbahn von Peking nach Hanoi und Saigon. Die Erkundung des Donaudeltas mit einem Elektroboot, eine Fahrt mit dem Dschungelzug an der Ostküste Malaysias, die auf Borneo liegt. Ich möchte einmal noch wie früher ganz gelassen in einem morschen Holzboot in Thailand sitzen und auf die Krokodile hinabschauen, ohne gleich eine Panikattacke zu erleiden. Ich möchte mit äußerster Ruhe im Monsun meinen Regenhut aufsetzen und in den diesigen Dschungel schauen. Ich möchte in alten Kolonialhotels absteigen und englische Damen beobachten wie damals in Manila, als die alte allein reisende Engländerin mit dem Regenhut und dem weißen, Nässe abweisenden Nyloncape an der Rezeption stand und sagte: This hotel is amoral, but not disgusting. Oder umgekehrt: This hotel is not amoral, but disgusting.

Werde ich aufbrechen und in die Welt hineingehen? Werde ich Sonnenuntergänge über riesigen Tempelanlagen sehen, und werden die Gesichter der tausend hundertarmigen Göttinnen rot aufleuchten? Werde ich verschleiert durch die schmalen Gassen arabischer Suks gehen und Teppichhändler beobachten, die verträumt in ihren Geschäften sitzen und mit ihren Gebetsketten spielen? Werde ich mit Karawanen durch die Wüste gehen und abends auf Sanddünen liegen und in den größeren Himmel schauen? In Indien in der Elefantenheilstätte einen alten Elefanten pflegen, der sein Leben lang Bäume geschleppt hat, und werde ich mitten im Urwald schreien wie Tarzan? In Vietnam verkleidet den Schwarzmarkt besuchen, wo in offenen Garagen alles angeboten wird, das je auf der Welt gestohlen wurde? In Südindien Goa besuchen, wo die letzten Hippies wohnen und wohin angeblich traumatisierte Soldaten Ex-Jugoslawiens zur Erholung geschickt werden? Und in Mindanao mit Stiefeln in die Sümpfe aufbrechen? In Samarkand die Farbe Blau studieren und Usbekistan mit dem Taxi durchqueren? In Brasilien Riesenschildkröteneier bewachen oder eine Farm in Afrika kaufen? Wer alles vergisst, der ist bereit für Neues. Und wenn er es gleich wieder vergisst: Umso besser.

Es gibt so schöne Arten zu sterben: Im japanischen Gebirge in Hokkaidō, wenn der Schnee meterhoch liegt und die Affen in dampfenden heißen Quellen baden, die sie eifersüchtig bewachen. Auf einem Floß im Mekongdelta, das unaufhaltsam dem Meer entgegenschippert, während die Luft flirrt von vergessenen Erinnerungen an klappernde Holzjalousien, die Zebrastreifen auf die Gesichter spannen, sodass sie zusammengehalten werden in der auseinanderklaffenden Lust. Oder auf einer einsamen Insel vor Sri Lanka, die vergessen wurde und Sonnenuntergang für Sonnenuntergang nicht mehr angepeilt wird von den vorüberfahrenden Schiffen. Ein schöner Tod wäre auch der in der verfallenen Hütte im Bergland von Borneo, wo die Fieberschübe Farben, Formen und Erkenntnisse hervorbringen, die es gar nicht gibt.

Oder werde ich doch, wie alle anderen auch, in unseren sauberen Betten sterben, wo das Fleisch monatelang am Knochen verfault, bis es endlich aufgibt? Wahrscheinlicher ist es eindeutig. Wir alle, die wir uns in Kämmerchen, Verschläge, Bibliotheken zurückziehen, üben das Sterben.

Rudi und Karla sind aus Japan zurück. Außer dem Hinflug gab es keine Pannen mehr. Franca ist von den Kollegen im Nationalpark Keramashotō im nächsten Jahr zu einem internationalen Kongress auf Kyūshū über Fragen der Auswirkung des Massentourismus auf Nationalparks eingeladen worden, Rudi spricht von einem sensationellen Erfolg seines Vortrages zu Übersetzungsproblemen in Tokio. Er will jetzt in der Dependance der Wiener Schreibuniversität im Schloss einen Lehrgang für Übersetzungsprobleme anbieten. Auch japanische Professoren und Studenten seien sehr interessiert. Man habe an eine Zusammenarbeit mit Österreich gedacht und wolle Sigi nach Tokio einladen, um alles zu besprechen.